地理学人随笔

触景生情
文化地理学人笔记

周尚意 著

商务印书馆
The Commercial Press

图书在版编目(CIP)数据

触景生情:文化地理学人笔记/周尚意著.—北京:商务印书馆,2019(2025.11重印)
(地理学人随笔)
ISBN 978-7-100-17648-4

Ⅰ.①触… Ⅱ.①周… Ⅲ.①随笔—作品集—中国—当代 Ⅳ.①I267.1

中国版本图书馆CIP数据核字(2019)第144427号

权利保留,侵权必究。

地理学人随笔
触景生情
文化地理学人笔记
周尚意 著

商务印书馆出版
(北京王府井大街36号 邮政编码100710)
商务印书馆发行
三河市春园印刷有限公司印刷
ISBN 978-7-100-17648-4

2019年10月第1版	开本 880×1240 1/32
2025年11月第4次印刷	印张 5¾

定价:45.00元

目录

自序 / i

地理学家的地理 / 1

包豪斯建筑的异与同 / 5

人物雕塑与地理 / 9

我为何不是西城人 / 13

一夜间的户籍变化 / 16

伯克利的人民公园 / 19

圣地亚哥的广场 / 23

两种"克威赤" / 27

迪普妈妈的餐馆 / 31

"一课来课题课"地图集 / 35

边境上的景莱寨 / 39

米歇尔初等地理课本 / 43

金阁寺的外表与故事 / 48

谁人的南锣鼓巷 / 52

大阿尔伯特与科隆 / 55

兵马司的老房子 / 59

上海老街与天下 / 63

高野山的边界 / 67

河回村的风水 / 71

伊斯坦布尔的"呼愁" / 76

洛特南教授的学生帽 / 81

北京城的意象 / 84

塔林二人游 / 87

北大30楼 / 91

金宝战役纪念地 / 94

柳毅、洞庭与地名文化 / 97

迪尔伯恩要塞 / 100

蒲氏祠村觅乡愁 / 104

迪恩皇家森林的记忆 / 108

东交民巷之映像 / 111

志贺岛的地理位置 / 115

耶拿的北京餐厅 / 118

炎帝故里考 / 121

哈尼梯田的日常之美 / 125

段义孚的乡愁片段 / 128

可邑的前台与后台 / 131

九龙寨城 / 134

老达保的音乐活力 / 138

燕京八景 / 141

阅读的地理坐标 / 144

"围"的地名 / 148

伊比利亚土酿葡萄酒 / 151

东山村里的庙 / 154

塞皮克河流域考察 / 158

赤坎古镇地理 / 162

城市色彩的意义 / 166

魁北克城的区位 / 169

自序

作为一名即将退休的大学地理教师,这本书展示了我在退休前的七八年间对地理学,尤其是文化地理学的一些思考。人到这个年纪,对学海无涯有了更深的体会。作为一名普通学者,我的感受是若能准确理解中外先贤和哲人的地理思想,已然不易。即便如此,我还是想将自己对学科的感悟分享给读者,尤其是我的学生:一则展示世界之奇妙,唤起读者对地理学的兴趣;二则求得读者批评,以利我进步;三则让读者以我为鉴,少走认知弯路。

全书收集的短文绝大多数来自《地图》杂志发表的短文。感谢《地图》杂志社,他们同意我将这些小文重新整理,结集在商务印书馆出版。2010年12月24日上午,中国地图出版社地图文化分社社长卜庆华先生、副社长陈宇先生、LP项目部总编辑朱萌女

触景生情

士来到我办公室，商定我们一起合作《尚品地理》栏目。陈宇先生、郭欣雨女士、周秀芳女士等先后负责此专栏的编辑工作。在编辑本书时，我原设想打乱时间顺序，按照主题来分类。转念一想，还是以发表的先后顺序，作为本书篇目的顺序。从中，读者可以发现我对概念理解的深化。

本书部分插图的作者是北京师范大学珠海校区2016级的杜典帅同学，2017年他被推选到北京师范大学本部插班上课，选修了我主讲的文化地理学和人文地理学课程。他暑期离校之前，送了我一幅他绘制的规划设计作业，作为离别礼物。由此我发现了他的绘画特长，便邀请他为本书绘制插图，我先给出每幅图的大致图意，他来实现。从这些插图中，可以看到画者的努力。

本书名《触景生情》暗含三种意思。第一，新文化地理学强调研究文化景观之意义；第二，现象学强调景观意义的生成是心物一体；第三，后现代强调景观意义在不断的凝视和反思中变化。中国地理学会文化地理学专业委员会特邀顾问、北京大学的王恩涌先生、唐晓峰先生分别出版了《文化地理学随笔》和《文化地理学释义》。因为有两位师长的大作在前，怀着对两位师长的敬意，本书副标题谨定名为"文化地理学人笔记"，因为王先生谦虚地将大作命名为"随笔"，我作为学生就以学习"笔记"来命名拙作。

自序

本书提及的文化地理学概念有40多个，当然这些概念与其他学科有交叉。这些概念在文化地理学研究框架中有各自的位置。我将它们大致分为三组，每组概念的逻辑关系大致如下表。

主要概念分组

文化区	文化景观、文化区、形式文化区、机能文化区、地理界线、文化空间整合、文化区尺度转换、身体地理、文化传播、文化扩展扩散、文化迁移扩散、文化传承
文化区主体性	地方、地方性、地方主体性、地方感、地方认同、记忆地理、想象地理、道德地理、城市意象、另类地理、文本、文本间性、表征、非表征、符号、转喻、隐喻、区位
研究方法	结构主义、超有机体主义、文化生态学、人文主义、现象学、悬隔、后现代主义、符号学、语义学、新文化地理学、四层一体

第一组概念的逻辑关系是：文化景观是研究文化区的主要对象。文化区可以划分为形式文化区、机能文化区。文化区之间有地理界线，文化区内的各个要素之间的有机关联为文化空间整合。大小文化区之间的意义关联为文化区尺度转换。文化区的最小尺度为身体，从而有了身体地理。文化从一个区扩散到另一个地域则成为文化传播，文化在空间上的传播为文化扩散，文化扩散可以分为扩展扩散和迁移扩散。文化代际间的扩散为文化传承。

第二组概念的逻辑关系是：地方具有主体性。地方的主体意

触景生情

义来自地方性。地方性中有一类是来自发生在当地的历史事件，我们将之称为地方历史基因，或地方的第三本性。不同人对地方的感知和认知就是地方感。地方感往往以文字、地图、绘画、雕塑、建筑等文本形式表达出来。想象地理、记忆地理、道德地理、城市意象、另类地理都是地方感，它们强调的是基于人性的地方感。不同的文本表达出不同程度的地方认同。理解不同的文本涉及文本间性。较为固定的景观意义表达为文化表征，而动态的、日常的、琐屑的文化为非表征。符号是指语言中能指（signifier）和所指（signified）的组合，文化景观是语言的延展，也是一种符号，它通常与表征相联系。转喻和隐喻是语言修辞手法，因此也是文化表达的手法。人们对一个地方赋予的价值，就是一个地方的区位。人不同，区位也不同。

  第三组概念是文化地理学研究的方法论或视角。结构主义强调要素之间的关系，其中表层结构和深层结构的分析视角与符号学、语义学有关系。符号学中的能指是文化的表层结构，所指是文化的深层结构。语义学是符号学的一个分支，结构主义分析指导新文化地理学从景观的表象，延伸到景观的意义层面。超有机体主义、文化生态学研究自然与文化之间的关系。人文主义强调空间意义的我向性，以及对空间道德和美学等方面的感悟。现象

自序

学是一种通过"直接的认识"描述现象的研究方法，它所说的现象既不是客观事物的表象，亦非客观存在的经验事实或马赫主义的"感觉材料"，而是一种不同于任何心理经验的"纯粹意识内的存有"。现象学的研究方法中强调观察世界时需要"悬隔"，即将认识者悬隔于固有的思维框架之外。后现代主义是对现代主义的反叛，批判现代化分析强调的整体性、中心性、同一性等思维方式。后现代主义批判现代性思维方式，认为后者剥夺了人的主体性及感觉的丰富性，这与人文主义相通。

最后，感谢商务印书馆地理编辑室李娟主任，责任编辑任赟博士为这本小册子的出版所付出的心血。商务印书馆的定位是出版高品位的学术著作，地理编辑室以开放的心态，接纳本书这样写作风格的作品，即以杂文叙述学术问题。我希望在快节奏的生活中，人们还可以看两眼本书。

周尚意
2018年8月26日

地理学家的地理

文化地理学既是人文地理学的一个分支,也是地理学的一种研究范式。无论是作为分支,还是作为研究范式,它的研究对象都是一致的,即地理事物中包含的文化,或文化中的空间安置。由于文化与人密切相关,因此文化地理学者的研究对象主要是人,尤其是人的想法。相对于地理信息系统中的经纬度、自然地理学研究的自然实体,文化地理学研究的人之思想更具有"人性",或者说更具有"温度"。

触景生情

我在大学教了30年地理学,谈起"地理学家"和"地理"之关系,有些像说绕口令,越想说清楚,越是说不清。"地理"一词何其寻常,难以像"物理"引人敬仰。许多人认为,地理学家也就是各地自然与人文现象的记录者。古希腊有位叫"埃拉托色尼"(Eratosthenes,公元前275—公元前193年)的哲人,他把两个词组合在一起,命名了地理学家(geographer),即"地球"(geo-)和"记录者"(-grapher)。若此,人人都可成为地理学家。旅行者可以用游记等方式记录异国他乡的山水物产、风土人情,乡绅也可以在私人笔记中记下乡里的一草一木、一田一屋。而今,若有人学会写徐霞客式的游记、沈从文式的乡愁小说,也不能称自己为地理学家,因为地理作为现代学科,被划分为自然地理学、人文地理学以及相关技术。什么是地理学家的地理?

一日我与昔日大学同窗小聚,其中一位在美国某知名大学地理系供职,他的研究集中在地理信息系统应用和地理计算领域。国内高校和研究机构纷纷聘请他做客座教授或客座研究员。当问及忙否,他说自己飞行在国内外不同城市之间,各个城市的星级酒店就是他的家,标准化配置的房间几乎让他感受不到城市的不同。他在各个空间节点之间跳动,飞机将这些节点联为一个网络,然而他基本感受不到节点间的差异。那些被数字

地理学家的地理

化的现实世界就是他的地理,在他的笔记本电脑里既有美国每个角落的土壤类型,也有中国的每一条道路名称。他要做的就是分析数据和遥感影像,告诉人们世界各地的过去、现在和未来。20世纪80年代初我们读大学时,教材里尚无"3S"这些尖端科技的词汇。所谓"3S"是指现代地理学技术中的遥感(RS)、地理信息系统(GIS)、全球导航卫星系统(GNSS),它们的英文词组中均有一个单词的字头为S。而今"玩得转""3S"的人,就业出路极好。

另一位同学是圈里有名的自然地理学家,他对地理有不同见地。他说其学术灵感不是来自计算机技术,而是来自野外调查。他的地理就是不同区域不同的自然环境。每到一个地方,他都要看那里的独特之处,然后找出形成原因和对人类活动的影响,例如每年降水将哪里的土壤冲走,有多少汇入了河流,农民的粮食减产了多少,河床抬高了多少,等等。

我呢,喜欢到各地走走,既不是因为被邀请传道授业,也非为了游历祖国的山水,而是去看人。何为我的地理?那就是每一个地方的人们告诉我的地理。地理渗透在当地人的日常生活中,融入他们的情感中。山水是他们的衣食来源,房屋记载着先辈的历史。他们比我们这些"学者"更懂得爱家乡的一草一木,一砖

触景生情

一瓦。

　　何为地理学家的地理?

　　它们既是虚拟的,也是真实的,更是情感中的世界。

包豪斯建筑的异与同

　　文化景观的意义是指附着在景观外在形式之上的景观建造者、使用者,甚至是观看者赋予的意义。传统文化地理学只看重文化景观的形,而新文化地理学不但分析景观的形,还要分析景观的意义。许多新文化地理学的研究思路是"同形异义",主体不同,从同一个景观推导出来的意义也会不同,同一个主体的思想变化了,对同一个景观推导出来的意义亦随之变化。

特拉维夫白城街景

包豪斯建筑的异与同

2011年3月初，我到德国魏玛参加国际地理联合会"全球共识年"发起会议。魏玛虽然是一个小城市，但是那里有我慕名的包豪斯大学。包豪斯大学是著名的公立综合设计类的大学和学术机构，其下属的建筑学院是德国最早成立的现代建筑学院之一，它也是世界顶尖建筑设计学院之一。

我知道"包豪斯"一词儿，大约在2003年。那时北京的798艺术区风生水起，它是城市文化空间的新板块。许多中国人跟我一样，是因为看了798老厂区里包豪斯风格厂房，才知道有类建筑叫"包豪斯"。出于对包豪斯的兴趣，几年前我与德国朋友布里汤一起发表了一篇介绍798艺术区的文章。许多德国朋友对798的包豪斯厂房有独特的感情，他们为德国的包豪斯建筑扩散到中国而自豪。

德国教授弗鲁什特也有这种自豪感。2007年夏，他邀请我和同事一起参观鲁尔工业区，在进入鲁尔联合工业区管理办公楼前，他告诉我们该幢建筑是包豪斯风格的。但是从外形上看，该幢建筑与798的厂房毫无相同之处。如何判别一个建筑是否为包豪斯风格的？外形可不是最为根本的特征！包豪斯的建筑设计原则有三方面：第一，建筑的艺术形式应是机器的作品，而非出自手工，从而降低平均成本；第二，建筑的每处设计力求使用者舒适、便利；第三，建筑设计必须遵循自然和客观的规律。

触景生情

2008年,我与弗鲁什特参观天津老租界区,他不时告诉我哪栋建筑是包豪斯风格的。受他影响,我也尝试用上述的三个原则判断何为包豪斯建筑。走到某个十字路口,我眼前一亮,一幢位于街角的两层小楼采用了弧形外墙。弧形的外墙,一来可以使行人走过该街角时走弧形路线,而不用走直角路线;二来行人转弯时的视线比较好,且街角行人道的路面会宽阔一些。由于这个建筑的特征符合包豪斯建筑原则的第二条,因此自然是包豪斯的建筑了!

2010年夏,我在以色列滨海城市特拉维夫见到了被称为"白城"的包豪斯建筑群,据统计该建筑群有2700多幢,2004年,"白城"被列为世界文化遗产。我们考察了白城,发现一路所见的建筑在外形上几乎都不相同。透过这种不同,我们细细地品出了它们的相同:白颜色对地中海的阳光有反射功能,这点符合包豪斯建筑原则的第三条;家家户户的百叶窗片显然是工业化的产品,这符合包豪斯建筑原则的第一条,以现代技术提高建筑效率。

包豪斯建筑遍布世界上许多国家,在这种文化空间扩散的过程中,我们看到的不是一种物质形态的扩散,而是一种理念的扩散。包豪斯的创始人格罗皮乌斯指出,包豪斯的宗旨在于——反对把建筑风格变成僵死的教条。包豪斯建筑所不同的是建筑的外表,相同的是建筑中凝结的文化理念。

人物雕塑与地理

文化地理学除了关注文化现象空间分布,更关注决定文化现象空间分布的机制。前者是表层结构,后者是深层结构。不同地方文化的不同,更重要的是源于深层结构的不同。表层结构与深层结构的组合,也是符号的能指、所指的组合。例如道教是中国传统文化元素之一,它认为宇宙由金木水火土组成,对应的空间方位结构是西东北南中。信道教的人们就按照这种文化结构进行空间实践,例如五岳、五色土社稷坛等。如果人们不了解不同区域的这样的意义空间格局,就可能出现空间利用的失误。

香港纪念抗击SARS牺牲的医护人员雕像

人物雕塑与地理

城市中的人物雕塑司空见惯，但是在何处放置何人的雕塑则是一个重要的决策。这既是政治问题，也是地理问题。2011年1月14日，国家博物馆北侧矗立起一座孔子雕像。我虽没有看到该雕像，但是却读到多篇热议文章。中新网报道，竖立孔子雕像是为了彰显中国立志弘扬中华优秀传统文化的决心，反思西方文化的大肆浸淫，回归中国民族优秀文化传统。显然选择孔子是因为他代表着一种文化，选择天安门广场是因为那里是国家政治的象征空间。将孔子像放置于此，表明了儒学在国家的至尊的地位。后来，这尊孔子的雕像又被搬到国家博物馆庭院中。

就在孔子雕塑竖立的翌日，我在香港看到了另外两组人物雕像。看到它们纯属偶然。抵港第一天，恰好早晨电视新闻播出一则消息：香港首任行政长官办公室当日向公众开放一天。1993—1999年，这幢小楼曾是中英联合联络小组的会场之一，它见证了香港回归祖国的历史。受这则新闻的启发，我决定前往。

香港首任行政长官董建华的办公室位于香港中环的半山，是一幢双层淡黄色欧陆式建筑物。按照习惯思维推理，我认为特区行政长官办公室所在地就是香港的政治象征空间了。与内地各级政府大楼相比，这座小楼前面并没有开阔的广场，门前一街之隔是绿树繁茂的香港公园。就是在这个公园里，我见到了两组人物雕塑。

触景生情

　　一个是"加拿大准尉纪念铜像"，这尊铜像采用的是英军军人造型，它原属香港浅水湾余氏家族，余家将之赠与驻港英军，驻港英军又以其纪念加拿大温尼伯近卫军团奥斯本准尉等人。奥斯本等人于1941年在港抗击日军，英勇捐躯。铜像原放置在九龙塘的英军兵房，后改置香港公园，因为香港公园的前身是英军驻港三军司令部所在地。该雕像位置变换的政治历史含义不言而喻。

　　另一组人物雕像位于香港公园抗疫英雄纪念碑下。这七尊人物半胸像是纪念在2003年香港爆发SARS疫情时，为抗疫而殉职的医护人员。北京也有一组与抗击SARS有关的人物雕塑，叫"救死扶伤纪念坛"。该组雕像坐落在北京海淀温泉镇北京卫生局党校内。雕像为山形浮雕墙，上有九块青铜浮雕像，分别是SARS期间在京殉职的九位医护人员。党校因为有这组雕塑，成为北京卫生系统思想和职业道德教育基地。

　　何人的雕像可以入得何地？何地属于何人？这是一个政治问题，也是文化地理学要回答的问题。

我为何不是西城人

文化认同是文化地理学最前沿的问题,因为它是研究文化景观、文化区、文化扩散、文化整合的关键。文化认同包含地方认同。按照科学主义的方法,如果量化统计影响因素,就可以确定一个人,或者是一群人的地方认同了。然而按照人文主义地理学的研究视角,这样的方法未必可以确定出人们的地方认同。

触景生情

西城位于北京城区核心区,它是一个"令人自豪"的城区。若要知道西城的地理位置,首先要了解北京的地理空间。北京作为中国古代的都城,历史上形成了层层拱卫的空间结构。明清确立的都城空间结构有四个圈层,它们自内向外以四道城墙为界:紫禁城城墙、皇城城墙、内城城墙和外城城墙。而今的北京市域也有四个圈层:核心城区、中心城区、近郊区、远郊区。核心城区范围大致就是内外城墙之内。若再细分,这个核心区还有个核,就是地铁环线之内,老西城的主体就在这个核上。

所谓核心区,其背后无外乎两个含义:经济实力强大,社会文化地位显赫。北京曾将第一条环线地铁(如今的2号线)的英文译为"Loop Line"。这个单词与美国芝加哥环线地铁一样。十几年前我们夫妇到芝加哥大学访问,汉学家杜赞奇(Prasenjit Duara)教授向我们介绍,他夫人在Loop之内工作。淡淡的一句介绍,透出一个信息,他夫人供职的公司非常有实力。北京的Loop之内,也是黄金之地。从经济实力上来说,2013年北京西城区的税收总额与河北省相当。从政治地位上来说,北京西城区是国家最高政治权力机构的所在地。

我出生的医院位于西皇城根下,这个教会医院在20世纪60年代初迁到兰州,其后原址辟为林彪的住所。我就读的小学、初中、

我为何不是西城人

高中均在西城。凭借这样的人生经历，以及西城的地位，我本该认同自己是西城人。但事实上我从来没有将自己定义为西城人，甚至不认同自己是北京人。在我所有著述的作者简介中，我"标明"自己为广西人。有学生问我为什么不将自己认同为北京人？我反问：人们凭借哪些"指标"认同自己是某地人？

我是哪里人？社会学把这个问题定义为"身份认同"，文化地理学称之为"地方认同"。这两个认同的概念暗含着这样的逻辑：我若是某个地方的人，则我与这个地方不单有利益关系，更重要的是有情感联系。因此，确定"我是哪里人"的核心指标是"地方情感"。广西是我父母情感的归属，这种情感的代际传递使得我认同自己为广西人。

当养育祖先的土地与养育自己的土地不是同一个地方时，我们选择认同哪一个？这个世界给予我们自由的情感选择权利。没人能预见到人们内心中的地方情感指向何方，人们在建构地方感时，将直接与间接的人生经验、真实与想象的世界随机组合在一起，因此才有了段义孚（Yi-Fu Tuan）等人文主义地理学家赞美的大千世界。在全球化的今天，保留这种自由的地方情感认同，才使得人们既心系故土，又胸怀天下。

一夜间的户籍变化

地方认同具有层次，人文主义地理学的代表人物雷尔夫在《地方和地方消弭》一书中，将地方认同分为七个层次。较低的认同层次就是将一个地方当作自己待着的空间，或者是谋生的空间，较高的地方认同将地方作为自己情感所系，并讴歌其美。行政区划的变化可以微妙地改变人们的地方认同，其中暗含着经济利益的认同。

一夜间的户籍变化

户籍变化自古有之，只是如今中国正值飞速城镇化时期，户籍变化动静更大，波及面更广。乡下人进城的故事已不是新闻，而人未迁移，户籍地变更的事儿却成为了媒体热议的焦点。一纸行政区调整的批文下达后，许多人一觉醒来，就要更换户口簿信息了。

2010年7月2日，国务院正式批复北京市政府关于调整首都功能核心区行政区划的请示，同意撤销北京市东城区、崇文区，设立新的北京市东城区，以原东城区、崇文区的行政区域为东城区的行政区域；撤销北京市西城区、宣武区，设立新的北京市西城区，以原西城区、宣武区的行政区域为西城区的行政区域。消息一经发布，网上立刻出现形形色色的反馈，某帖云："爱怎么划，就怎么划！"这位留帖人的家兴许不在这四个城区，也许其亲友也与这四城区不沾边儿，否则，他的反应一定像原宣武区一位哥们儿："嘿，我儿子可以上西城区的重点中学了！"

四区合两区后，"我能得到哪些好处？"这是居民本能的思考指向。原西城区"好"中学比宣武区多，并区后，宣武的孩子就可以圆上重点中学的梦。原西城区"好"医院也多，这样原宣武区的事业单位就可以选择它们作为"合同"医院。并区之时，有人欢喜有人愁。原西城区每年的财政收入是原宣武区的三倍多，

触景生情

并区后,原西城区的老百姓担心自己从财政获得的福利会被平均下去。我是哪里人,决定了我的思维立场,这是赤裸裸的利益思考。

一位记者在报纸上照搬了市长的话:四区并为两区有三大好处,第一可以减少行政成本;第二可以深化核心区城市管理综合配套改革;第三打通原来相互分割的财政体制,实现市与两个新区以及两个新区内部财力的优化配置。对于多数老百姓,这样的话的确需要翻译为平民的语言,好在京城里老百姓有些政治领悟力,仔细咀嚼这些话,琢磨出政府归纳的三条好处也是经济利益。比如西城的金融区可以突破用地局限,向原宣武区扩展。

人们生活在大都市中,原本没有意识到城区界线的位置,更不会思考它对我们的影响。"东城富、西城贵,崇文穷、宣武破"只是民间流传的段子,是北京电视台阿龙嘴里的坊间传说。而今,当人们的切身利益被触及时,城区利益边界显现了,城市人文地图显现了。地理学者关注行政区域是如何形成的。北京城区调整的例子告诉我们,有一种区域形成的动力——人们经济上的互惠联合。我是出生并生活在北京的外乡人,我既希望北京经济发达,也不希望家乡贫困,这就是区域间的情感纽带,这也是中国统一为一个国家的基础。

伯克利的人民公园

地方性是指一个地方不同于其他地方的本性。所谓本性是其他地方无法复制的。一地的地方性有三个来源：其一是当地不可移动的山水；其二是当地长期积累的实体要素组合；其三是发生在当地的历史事件。地方性的价值取决于人们对这三个本性的价值判断，如果人们并不看重之，则三个本性给地方带来的价值就低。

触景生情

我曾以为人民公园只是在人民共和国里有,其实有人民的地方都会有。在美国西海岸的伯克利也有一个"人民公园"。20世纪80年代,西安外国语大学的王兴中等老师一起翻译了两本西方人文地理学的新书,其一译自1983年出版的《城市的社会地理》。作者是加拿大著名社会文化地理学家大卫·莱。书中提到了"人民公园"的故事。这是我一直想去伯克利看看的理由。

伯克利的人民公园

北京大学好友唐晓峰老师去伯克利教书前，我请他帮我拍一张人民公园的照片，遗憾的是他没有完成"任务"。2011年暑假，我的学生孔维锋到伯克利访学，我将拍照的任务交给了他。这个男孩子拍了很多照片：静静的篮球场、阳光下的草坪、闲睡于地的美国汉子……最后一张是他与广场的合影。如果不知道人民公园的故事，便不能理解学生拍照时眉头紧锁、一脸严肃的表情。人民公园到底发生了什么？

1956年，美国加州大学伯克利分校的董事会从州政府分配到一块约1.1万平方米的土地，作为学校扩建的预留地。但直到1967年6月，学校才有钱征用此地，让那里的居民迁走。校方虽有钱征地，但没钱建设，因此就成了一块空场。大约两年后，1969年4月，学生们觉得瓦砾满目的空场不好看，便与当地居民自发种植了花草林木，有1000多人投身建设，一个月后这里俨然像个公园了。人们在这里野餐、歌舞，发表反战演讲。此时，学校的经费充裕，计划在这里建停车场，可人们已经不能接受以死气沉沉的停车场代替生机勃勃的公园，于是学生们开始示威，与校方谈判，请求停建停车场。后来的总统里根那时正任加州州长，他把伯克利称为"共产主义的同情者、反战示威者和同性恋者的天堂"。面对示威，这个演员出身的州长比温文尔雅的校长"有招数"。5月

触景生情

15日上午，数百名警察和校警在其授意下开始清除花草。作为对抗，3000多名学生和市民在这里举行演讲。下午，警察用高音喇叭干扰演讲，结果人群愤怒了，与警方的肢体冲突跟随而来的是警察的催泪瓦斯和枪弹。结果100多人受伤，1名学生身亡。后人称此次事件为"血腥星期四"。5月30日，3万人参加了殉难学生的纪念集会，他们的口号是"让千万个公园绽放"。

公园最终被保留下来，并被命名为"人民公园"。如今人们到这里来，不是为了看花草、看篮球场，而是为了在历史事件的发生地，体会那种来自人民的"精神"。听说人民公园里有一幅壁画，描绘那位无辜学生之死的场景。我日后一定要亲自去看看。也许某天这个公园会改作其他用途，但是这个历史标记物的存在能提醒后人记得这个空间凝结的意义。

圣地亚哥的广场

经济地理学分析经济活动的区位，文化地理学分析文化活动的区位。经济活动选择区位目的是令企业利润率最高，消费者空间效用最大；文化活动选择区位的目的是让文化活动的效果或效用最大。从本质上讲，两种分析逻辑具有一致性。经济活动的区位要素有成本、市场以及影响成本和市场的政策等，文化活动的区位因素是文化空间的性质，某类文化活动如果选择了彰显文化活动的空间，那么就会提升活动效果。

触景生情

武器广场上跳奎卡的人们

2011年岁末,从智利首都圣地亚哥参加国际地理联合会归来,我尝试着从文化地理学的视角来解读这座城市。

文化地理学家关注何处会出现何种文化,就像经济地理学家关注何种经济活动及其在何处发生一样。若要了解圣地亚哥的文化地理,广场是最好的地点。广场是户外开敞的空间,观察者容

圣地亚哥的广场

易进入；广场还是公共的空间，观察者在这里可以看到各色人等。圣地亚哥面积不大，但是广场不少，这是因为智利城市建设深受欧洲文化熏染。

调查圣地亚哥的广场，需要设计一条线路。圣地亚哥核心区不大，是一个适合步行调查的区域。马波乔河自东向西穿过城市，河流两岸建筑密集。奥希金斯大街是该城市的第一大道，横贯全城，道路两旁林荫蔽道、高楼林立。历史上圣地亚哥屡遭洪水破坏，但是重建的城市依然沿着河流两岸，这是因为城市位于亚热带地中海气候区，夏季少雨，临河而居可以获得充足的淡水。因此沿着奥希金斯大街行走，便可看到城市的主要广场。

我们下榻的泛美酒店正好位于奥希金斯大街的西端，而开会的地点则位于这条大街延长线的东端。四天会议期间，代表们往来于酒店和会场之间，我和朋友顺便完成了沿途的观察。城市中心分布有武器广场、解放广场、宪法广场、武装部队广场、巴格达诺广场等。从各类媒体中，人们可以知道每个广场的人文景观，例如武器广场上的老中央邮局、原皇家法院、大教堂、大主教宫。然而，我们的实地调查更偏向于广场上的活动，因为那里是鲜活的城市文化。

我们大致统计了奥希金斯大街沿线广场上的文化活动。自西

触景生情

向东,沿线主要广场的文化活动类型由多到少,文化活动频次由多变少。奥希金斯大街西端是老城区,武器广场是城市宗教和传统文化的中心,因此传统文化活动和宗教活动集中在那里;奥希金斯大街中段是总统府等行政机构,国家庆典和民众示威都在那里举行。文化活动的空间规律是追逐符号化的空间,这就像经济活动追逐赢利空间一样。符号化的空间会强化文化活动意义,在社区里跳舞和在广场上跳舞,对于舞者的意义大不一样。

智利诗人聂鲁达说过:"没有来过智利的人,就不会了解我们这个星球。"当我们置身圣地亚哥,看到武器广场上热烈的奎卡舞者、虔诚的天主教信众,宪法广场上呼吁提高工资的请愿者,武装部队广场军车中的年轻士兵,我们才会感受到圣地亚哥人传承的艺术、信仰的宗教、主张的制度对于他们生命的意义。更为重要的是,他们让我们理解到,城市每个广场的文化符号决定了人们在其中的活动。而这些广场的文化符号又是人们赋予的。

两种"克威赤"

文化传播是指文化事象从一地传到另一地的过程。空间上的文化传播被地理学者定义为文化扩散。文化扩散分为迁移扩散和扩展扩散。前者是文化的携带者的空间迁移,将文化从一地传到另一地;后者是文化的携带者基本上没有迁移,但是文化事象却传递到另一地其他人群中的现象。在文化的扩展扩散中,文化转喻是一个常见的途径,是用一个事物代指另一个事物的表述方法。

两种"克威赤"

1999年岁末,我在美国过圣诞节,当时并不知道西方基督教家庭中有一种过节习俗——在房间里摆设耶稣诞生的场景。这种习俗是"克威赤"(Creche)的一种。2011年圣诞节前,我收到德国朋友寄来的圣诞礼物:一套耶稣降生场景的家庭摆件,这个场景的每个摆件儿都对应着马太福音和路加福音书中的故事情节。主角是刚出生的小耶稣,被布包裹着。配角是圣母玛利亚和她的丈夫约瑟夫。驴子代表耶稣降世的地点是马槽。可爱的羊儿代表着牧羊人,他在耶稣降生那晚恰巧在马厩边露宿,上帝告诉他们玛利亚刚诞下的婴儿是他们的救主。圣诞节前一天,我将这套摆件置于桌上,拍了一张照片,做成电子贺卡发给多位朋友。

德国慕尼黑大学的库恩教授收到我的这张贺卡后,也回送了一张照片。他与夫人英格特当时正在巴黎过圣诞节,在那里他们参观了一个圣诞场景的展览。这张照片就是在那个展览会上拍摄的,算是呼应我贺卡的主题。照片中是中国艺术家制作的家庭圣诞场景摆件图。乍一看根本不知道那是圣诞的场景:一套黄花梨的木雕小摆件,由红色帷幕烘托着,中央是半敞的马棚,马棚两侧为"岁寒三友"松、竹、梅,棚前有立卧骆驼、羊儿和狗儿。马棚内有一案,两侧各跪一人,棚前有若干人相对行礼,这些人物均着汉代的宽袖覆地长衫,只是其中两人的面貌颇似胡人,美髯高鼻。有意思的是

触景生情

马棚顶上还有两个"飞天"造型的女子。

这张图片或许就是古代中国基督教徒心中的场景。试想基督教初进中国时，传教士向人们描述耶稣诞生场景，听众脑海中会浮现出何种景象？传报上帝消息的天使自然是貌若天仙，那就是马棚上的两位"飞天"女子的模样；玛利亚和约瑟夫就像家中的慈母严父；基督教的入教仪式就如同中国民间的金兰结拜，松、竹、梅象征着高尚的人格以及朋友间的忠贞友谊；闻得耶稣降生，远道而来的"博士"一定是从丝路上乘骆驼而来；红色的帷幔象征着神圣和盛大的时刻。我期待着有一天看到其他民族中基督徒的"克威赤"，他们"再现"的伯利恒圣诞夜或许与德国人的也不同。

其实，基督教文化在世界上的扩散，与其他文化的空间扩散有共同之处，那就是要成功地运用转喻，即把人们未知的东西转换成已知的东西来理解。有了这一步，人们才能判断是否接受新的事物。自然科学出身的文化地理学家，研究文化扩散往往注重扩散模式。殊不知，研究文化扩散最主要的工作是了解外来文化与本土文化的接轨，以本土文化的认知域激活（activate）另一个新的认知域，这可能比直接生硬地接受外来文化更为有效。这就像我们"学雷锋"，总是要找到身边的"雷锋"做直接的榜样。

迪普妈妈的餐馆

文化解读是文化理解的一种文字表达。菜谱就是一种对餐饮文化的文字表达。我们都知道，如果都没有吃过一种名肴，那么依照菜谱做之，一定做不好。然而我们吃上几次，是否就可以做好了？也未必。改进的办法是看厨师做一次。即便是看了厨师烹饪，我们就敢保证自己可以做好了么？

Mama Dip's Kitchen

Mildred Council

WITH MORE THAN 250 TRADITIONAL SOUTHERN RECIPES

迪普妈妈的餐馆

2012年3月初，我到美国参观北卡罗来纳著名的研究三角园区，大学同学的内人知道我每次要吃些"文化"，便推荐我们到"迪普妈妈"（Mama Dip）餐馆就餐。到达这家小餐馆已是晚上，夜幕中餐馆的门面并不显眼，但是门厅墙上的顾客留影和留言簿上的文字告诉我们，它可是美名远播的餐馆。这里的食客有前总统小布什、著名篮球教练迪恩·史密斯、著名篮球运动员乔丹、著名女作家杰西卡·哈里斯等。

"迪普妈妈"是餐馆的老板，父母给她取的名字叫"米尔德里德"。她出生在北卡罗来纳州查塔姆县，该县位于美国南方的棉花产区，是黑人比较密集的地区。迪普妈妈在鲍德温乡下长大，她是家里七个孩子中的"老幺"，"迪普"是哥哥姐姐们给她起的绰号，中文的意思就是"探底"——因为她身高臂长。在雨水不足的季节，她可以把河沟里的浅水舀上来。当迪普妈妈还是小姑娘时，就看着家里人做饭，有时还搭把手。与许多黑人家庭一样，他们家做饭也从不用菜谱，想加点什么就加点什么，十分随意。菜肴的味道如何，就凭目测、鼻嗅和口尝。这种当地黑人的烹饪技艺与艺术创作有些相仿，每道菜都是一份艺术品，在有些随意的烹饪过程融入了厨师的创作。

迪普妈妈的第一份工作是在教堂山（Chapel Hill）做一名家庭

触景生情

厨师。后来，她在北卡罗来纳咖啡厅、卡帕西格玛兄弟会等处工作。1957年，她与她的婆婆在一个出售外卖的小餐馆工作，在那里，她的烹饪技艺和经营能力得到了锻炼。1976年11月的一个星期天，迪普妈妈自己的餐馆开张了。当时启动资金仅64美元，其中40美元购买原材料，24美元做流动资金。早餐赚的钱用来购买午餐的原料，午餐赚的钱再用来买晚餐的原料。一天下来，迪普妈妈就赚到了135美元。如今人们来"迪普妈妈"就餐，就是要体验当地黑人的烹饪文化，其精髓就是吃一份熟悉中的小小新意。当地黑人烹饪文化就是这样通过餐馆的商业形式传布开来。侍者告诉我们，迪恩·史密斯是忠实的顾客，周三经常光顾，他最经典的一句话是：如果没有迪普妈妈，教堂山就不可能被称作"天堂的南部"。

1999年北卡罗来纳大学出版社为迪普妈妈出版了一本菜谱，名为《迪普妈妈的厨房》。图书将当地黑人烹饪文化"表征"出来，从而固化了传布的内容。该书收有250多个菜谱，其中有核桃甜饼、乡村猪排、鲜玉米砂锅、迪普妈妈炸鸡等人们最喜爱的食谱。如果拿着菜谱的人没有学会迪普妈妈做饭中的小小随意，那就没有取得当地黑人烹饪文化的"真经"。然而，"真经"是很难写到菜谱中的。

"一课来课题课"地图集

　　地理知识是主观的，还是客观的？而今，估计没有人强调地理知识是完全客观的，因为有许多原因让地理知识带有主观性。第一，人对外在世界认识的有限性；第二，人们具有社会文化立场；第三，用语言文字的表达过程就已经带有主观性了。许多地理学人努力发现客观的地理，并用可证实性说明地理知识的客观性。

书的内封

书中夹着的话剧海报

"一课来课题课"地图集

2012年6月，美国肯塔基大学著名地理教授Stanley D. Brunn来京做短期访问，他送了我一本1877年在美国纽约和辛辛那提同时发行的地图集。这是一件"古董级"的礼物，14开本，138页，木屑压合板（chipboard）封面，丰富精美的彩色套印地图、铜雕版地图、景观图，泛黄的书页，旧书特有的古香……每个细节，都体现着它的"古董"特质。书中还夹着《不受待见的哈奇太太》（*Unwelcomed Mrs. Hatch*）的海报（1902年3月），百老汇数据库资料显示，该剧只在1901—1902年于曼哈顿的百老汇上演过，这与海报上的日期吻合。

同事朱良教授研究地图和中学地理教育，他根据地图集的内容，将之定义为"中学教学地图集"。这本地图集是 *Eclectic Series of Geographies* 中的第三卷。我根据Eclectic的发音，戏称其为"一课来课题课"地图集，因为其中既有教师教学案例，也有学生作业题目。

19世纪后期，这套地图集在美国颇为流行，印刷量很大。这或许是因为1860年美国生产出第一批转轮印刷机，转轮印刷机大大地提高了印刷业的效率，使得书籍不再是一种奢侈品。Brunn教授告诉我，他珍藏着祖母使用过的地图集，就是这套地图系列中的一本。由此可见，当时该套地图集在美国学校中不仅是教师

触景生情

使用，学生也在使用。

Eclectic的意思是"折中"或"兼收并蓄"。我猜想该套地图集的作者意欲表明编写的中立立场，并力图客观记录人类居住的星球。然而要保证这套地图集的中立性和客观性谈何容易，因为没有地理学家能够保证，自己看到的就一定是世界的全部本相；也没有作者可以保证，在书写文本时不使用自己的书写方式和思维逻辑；更没有出版商保证不遗落"重要"的地理信息。因此这套地图集一定附有著者和编者的主观性，而发掘地图"主体性"是目前历史地图研究的一个热点。

翻开该地图集第一页，便可以发现两个体现主体性的例子。第一页是"世界主要城市人口表"，在该表所列的377个城市中，美国和加拿大的城市占一半，世界其他城市占另一半，这显然是作者筛选的结果。所列城市的人口数据，美国所有城市的人口数字都精确到个位，而亚洲、非洲许多城市的人数却只是粗略数据，例如广州人口150万，马尼拉人口16万，北京人口却精确为1,648,814。城市人口数据的精度显然是主观的，不是客观的。本地图集中还有很多这样的例子，例如"世界气候类型图"和"世界洋流图"中均没有南极洲，这是因为直到19世纪90年代，南极洲的名称和轮廓才首度被绘制在地图上。

边境上的景莱寨

机能文化区是三类文化区之一，它是指具有自组织中心和较为明确的区域界线空间单元。与机能文化区相对应的概念是形式文化区，后者没有自组织中心和明确的区域边界。有些宗教文化区属于机能文化区，因为有自组织中心。例如，南传佛教区域，它覆盖中国西南边境地区与邻国。在跨境地区，如果文化区自组织中心位于哪一侧，那么这个国家就享有更多的文化资本。而机能中心的位置与人的能动性有关，不是一成不变的。

勐景莱缅寺小学旧址

边境上的景莱寨

景莱,是一个美丽的傣族寨子。2011年,我随云南师范大学陈亚颦教授研究小组考察云南西双版纳州打洛镇附近的边境地区,景莱是最后访问的一个村寨。

早上,我们从打洛镇边上的曼打火村出发,乘上充气舟,自西向东顺南览河漂流而下,就到了景莱寨。"打洛"来自傣语,其意是"多民族的渡口"。打洛镇坐落在南览河北岸,南览河是湄公河的一条支流。

南览河流经景莱寨东南的一小段是中缅两国的界河。当时正值春旱时节,南览河清澈见底,河宽数丈,河水不深,在没有激流的地方,不会凫水的人也可以涉水而过。

随船同行的是景莱寨的玉儿旺,她指着河流转弯处的小山,告诉我们山上的佛寺金龟塔寺是方圆百里有名的寺院。每逢佛教节日,周边各个村寨的人们就要到寺里赕佛(即敬佛祭祀)。尽管金龟山位于缅甸境内,但是中国边境的村民也可以前往。国界两边傣族人的语言和生活习惯相同,他们相互串亲戚、做生意,有密切的往来。对于当地村民而言,这里的国界实际上是一个模糊的界线。

充气舟漂至景莱寨,帅气的傣族小伙子岩温香已经站在岸边沙滩上等候我们。温香小的时候与寨子里的男孩们一样,到寨子

触景生情

里的佛寺里读书。因为天资聪颖,他被选到上海佛学院读书。我非常惊讶于他标准的普通话和一笔漂亮的汉字。他两年前还了俗,如今已娶妻生子。温香的儿子正在牙牙学语,在他的傣语中,我只能听懂"爽歪歪",那是他向妈妈要的一种儿童饮料。客厅茶几上摆着东南亚国家的饮料,电视机中播放着中央电视台的节目,这些都表明,这个傣族寨子与遥远的北京、与毗邻的国家都有着千丝万缕的联系。它既是政治空间网络中的一个节点,也是社会文化网络中的一个节点。

我们在温香叔叔家吃过午饭,便来到寨子北端的佛寺。这座佛寺不单是景莱的寨寺,还是周边几个寨子的"中心寺"。而金龟塔寺又是这些中心寺的中心。温香的师弟岩坎章拉是寺庙的"都比"(住持)。他笑着说,他刚刚从国外回来,其实是刚从缅甸一侧外婆住的寨子回来。岩坎章拉是勐海县佛教协会副主席,他正为寺庙的小和尚们筹款建新校舍,他还办了教傣语书写的网站。或许在他的努力下,景莱的佛寺会成为当地传播佛教思想的中心之一。2017年我再度来此,看到岩坎章拉的寺庙中有许多来自缅甸的小和尚了。

米歇尔初等地理课本

各国都有基础地理教育，其中有许多共同的知识，例如关于地球、地球运动、自然地貌分类、气候类型等。200年前世界各地的地理知识还没有同一化。但是在20世纪初，各国基础地理教育开始出现内容同一化。陈独秀编写的《世界地理》初中课本也多采用西方地理教材的知识分类。人们在接纳统一文本形式的地理知识时，或许没有意识到它可能让我们忘却了地方或乡土地理知识的重要性。人们超越具身性地理知识，而认同统一化地理知识的意义是什么？

触景生情

美国朋友斯坦利·布朗教授得知9月10日是中国的教师节，便精心准备了一份礼物送给我，一本《米歇尔初等地理》（第四版）（*Mitchell's Primary Geography*）。听说我正在参与编写中学地理教材，因此他希望我了解美国中小学早期地理教育的历史。

这是一本1885年再版的小学地理课本，作者米歇尔（Samuel Augustus Mitchell）早年在美国康涅狄格州的一所中学当地理老师。在教学过程中，他对当时出版的地图极不满意，因而萌生自己绘制地图的想法，并着手绘制。同年还出版了给小孩子设计的《地理第一课》（*First Lessons in Geography: For Young Children, Designed as an Introduction to the Author's Primary Geography*）。1831年米歇尔搬到美国印刷业的中心费城，筹划建立了自己的地图公司。当时有一位技术精湛的绘图师——杨先生（J. H. Young）——加盟了他的公司。公司注册时，沿袭了美国家族公司的命名习惯，起名为米歇尔公司（The Mitchell Company）。

米歇尔公司是美国19世纪著名的地图出版商。该公司编制的地图集多达24种，其中有商用地图集、政府使用的地图集、教学地图集和家用地图集等。当时米歇尔公司的销售极为成功，据《美国人物传记》介绍，米歇尔公司每年的地图类图书发行量大约

米歇尔初等地理课本

为40万册。1880年美国人口普查数据显示,美国是年末全国人口为50,189,209。如果以一户平均为5口人计算,那么每年每25户美国家庭中,就有一户新购该公司出版的地图或地图集。如果从该公司成立起,到1893年该公司停业,美国几乎每户都有一两件米歇尔公司出版的地图。

这本《米歇尔初等地理》共144页,包含100多幅雕版图片和16幅彩色地图。该书"前言"介绍,与同期出版的相似教材相比,这部教材所用图数量是最多的。它虽然是由米歇尔编制,但是并不是由米歇尔公司出版,而是由费城的巴特勒公司和纽约的谢尔顿和布莱克曼公司出版。教材共有73课,我推断这是当时学校一年课程所使用的教材,每周有两课时。教材前几课的内容是以简单的问答形式呈现的。这也是目前国内中小学地理教学中流行的"问题串"教学法。许多问题的答案就在图片和地图中。例如,第七课中有这样的问答:

什么是海?
周边有陆地,面积比洋小的水体。
海与湖的区别?
海水的盐度通常比湖水高。

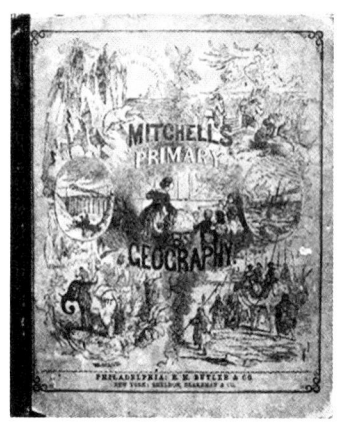

《米歇尔初等地理》新旧版封面

米歇尔初等地理课本

从这一串步步推进的问答,让学生接受了"规范的"地理术语。然而,对于因纽特人而言,他们对海水的定义远多于教材同一化的概念。

有趣的是,2012年6月中旬,美国福高腾书业公司(Forgotten Books)将此书列为地理教材经典重新出版,增为176页。正如福高腾书业公司的英文含义一样,《米歇尔初等地理》虽是一部"被遗忘的书",但是今天世界各地的教材,依然秉承着它的编写理念——用精美的地图和图像、简练平实的文字、高效的教学方法,展现出地理学的魅力。《地理第一课》也在2010年由Kessinger Publishing重印。地理学在进步,新增的部分也在证明,课本的知识也并非"颠扑不破"的真理。

金阁寺的外表与故事

　　文化景观是指相对固定在地表的人类创造物，这个概念有时与人文景观等同。中国台湾的译法为文化地景。Landscape 一词最早用于描述相对固定在地表的自然地理现象，如植被带、土壤带等。文化景观作为物质存在，可以折射地方文化，但是新文化地理学对文化景观的研究已超越对物质形态的研究，延展到对景观意义的分析。景观意义不一定来自景观的设计者和建造者，还来自在这里发生的历史事件。由历史事件赋予的景观意义有时有悖于景观设计者和建造者赋予的意义。

金阁寺的外表与故事

1998年游日本京都,是为上岚山,目的是参观山上的周恩来"诗碑"。14年后我重游京都,是为了看金阁寺。游金阁寺的理由来自日本著名小说家、剧作家三岛由纪夫的同名小说《金阁寺》。小说中的金阁寺具有一种神秘和奇异的力量,令我有亲眼目睹的冲动。

金阁寺是日本中世纪室町时代建筑的代表作。1994年,联合国教科文组织将之列入《世界文化遗产名录》。寺内核心建筑为舍利殿,它是1955年重建的。舍利殿包有金箔,因此民间称之为"金阁"。金阁寺最初是室町幕府第三代将军足利义满的别墅。金阁寺的建筑风格和园林特色体现了足利义满的造园格调与品位。

金阁寺混合了多种文化要素。在这里,建筑与园林融合为一幅图画,"镜湖池"水面宁静,蓝天、白云、金阁和绿松倒映在水中,色彩构图之和谐,令人叹为观止。金阁为三层楼阁:第一层为法水院,保持着藤原时代的样貌,是贵族建筑的风格;第二层的潮音洞供奉观音是镰仓时代武士建筑的风格;第三层的佛堂则是中国唐朝建筑风格。不同的建筑文化融合在一个建筑上,体现出和谐之美。

然而,在这种"和谐之美"的背后,却有一个"不和谐"的

金阁寺的外表与故事

故事。1950年,寺内的一位年轻僧人在金阁中自焚,并将金阁一同焚毁。三岛由纪夫根据这个事件,写下了小说《金阁寺》。小说主人公沟口的原型就是这位年轻的僧人。沟口幼时听父亲反复夸赞金阁寺之美丽,他将寺院视为美善之地。然而,在这个美善之地却发生着许多丑恶的事情。在沟口无意中发现住持嫖娼后,住持竟要将他放逐。这时,想象中的世界与现实世界的冲突达到了极点,沟口最终自焚于金阁,从而结束了内心的冲突,也终结了这个美善与丑恶剧烈冲突的建筑。

现实中,我们也会有类似的内心冲突。想象地理多涉及人们想象的空间或地方对想象主体行为的影响。在本情景中,游客眼前的金阁寺具有形式之美,但倘若游客了解到幕府时期围绕金阁寺发生的社会动荡,以及当时百姓悲惨的人生,他们对这种形式美的感悟又是什么?乡里人憧憬都市的生活,然而进入都市后的真实生活远非所料。相较于人性美,空间形式美何其逊色。这正是文化地理学被改为社会文化地理学的缘故之一。文化景观的意义不仅是文学层面的,更是社会学层面的。周恩来在《雨中岚山》中的诗句说得好:"人间的万象真理,愈求愈模糊,模糊中偶然见着一点光明,真愈觉娇妍。"

谁人的南锣鼓巷

文化区是指某种文化事象分布的地区。索尔学派（或伯克利学派）的文化地理学者是用同一种文化景观的分布范围来确定文化区。其实，还有一种文化区的确定方法是以文化景观意义的分布地区来确定。每个文化景观都具有其意义，不同的人对同一文化景观的意义理解是不一样的，甚至可能是对立的。承载其中一种意义的人群所分布的地区就是文化区。

谁人的南锣鼓巷

南锣鼓巷本是北京的一条普通胡同,如今已成为一片区域的代名词。这片区域包括南锣鼓巷东西两侧的16条胡同,是北京内城文化的保护区和展示区。

南锣鼓巷的历史文化属于谁?这个问题关乎城市历史文化保护区的投资。城市中的每个市民都希望城市财政投资保护的历史文化街区能对自己有利,而非只让少数人受益。但哪些街区的历史文化意义属于广大市民,而非少数市民?要找到这个问题的答案,需要咨询文化地理学家。

文化地理学家通过历史文化承载者的分布范围来判断其历史文化意义的覆盖范围,覆盖范围越广,政府投资保护它的公平性就越高。文化地理学的一个研究任务,就是在城市财政改造投资有限的情况下,找出一种历史文化符号,它既为广大市民普遍认同,又集中分布在一个小区域。

那么,南锣鼓巷作为一个区域,它的历史文化意义覆盖范围有多大,有没有一个能被市民普遍认同的历史文化符号?2005年前后,有人提出"南锣鼓巷地区是元大都'鱼骨式街道'的典范"。"鱼脊骨"是南北向的南锣鼓巷,东西两侧对称分布着的小巷为"鱼肋骨"。这似乎为南锣鼓巷找到了一个典型的历史文化符号。正好那时民间资本已投资南锣鼓巷酒吧,于是政府顺

触景生情

势加大了对这里的投资。但北京内城的街巷格局为棋盘式,许多局部地区都可以视为"鱼骨"的形态,政府投资南锣鼓巷的"鱼骨式街道",无法体现足够的公平性。

2007年后,学者们又为南锣鼓巷地区找到了另一个历史文化符号——"玉河节点"。古玉河是元大都的一条重要水道,在南锣鼓巷区域的万宁桥与京杭大运河码头相连。由于这条水道与元大都的商贸运输有关,玉河的历史文化意义不再局限于南锣鼓巷的居民,而覆盖了全市居民。古玉河附近的店铺是古都商业空间的一部分,南锣鼓巷作为大运河的北终点,其意义也覆盖了所有认同运河为中国历史文化遗产的人群。政府投资"玉河项目"相当于为全市居民,乃至全国人民保护了历史文化遗产,从而体现了公平性。

著名文化学者海治(Ghassan Hage)曾指出,学者较之百姓,有时拥有更多的"国家文化资本",他们在确定城市历史文化保护区的文化符号时,有更多的话语权和实践权,这使得他们成为国家文化空间建设的仲裁者。为了避免文化地理学者的仲裁失误,在他们确定每片区域对于所有市民的文化意义之前,每个市民都可以尝试着告诉他人,自己居住的地区对于自己,乃至对于所有市民具有哪些独特的文化意义。

"越是地方的,则越是全人类的。"对应文化地理学的表述则是——"小尺度文化空间可以转化为大尺度文化空间"。

大阿尔伯特与科隆

　　新文化地理学之所以研究文化景观的意义，是因为只有了解文化意义，才能说明文化景观是否具有生命力。文化景观的生命力来自于景观意义是否可以打动人心。大阿尔伯特探索和鼓励超越的科学精神，不但成为他的精神之魂，也成为科隆这尊城市人物雕塑的灵魂。有些城市雕塑设计虽赋予了雕塑普适的、崇高的意义，但是因为没有一个真实的历史事件和历史人物的支撑，也难唤起人们与雕塑之灵魂的对话。

大阿尔伯特与科隆

到科隆，必看科隆大教堂，这座连续营造632年的神圣建筑，不但让人们赞叹世界文化遗产的伟大，也让人们体会到"坚持"的力量。然而，很少有人知道，科隆有一尊大阿尔伯特（Albertus Magnus）的雕塑。这座雕塑不大，但却展示着另一种令人崇敬的精神——"读且思"。雕像为坐姿全身像，一本书展卷于大阿尔伯特的双腿之上。大阿尔伯特头颅微扬，闭目凝思，他一手捻起书页，仿佛是因为还未想清楚此页的道理，因此不能继续翻页。

2012年夏，我参加国际地理联合会四年一度的大会，聆听了人文主义地理学代表人物布蒂默（Anne Buttimer）教授的特邀报告。她说这个城市的大阿尔伯特是召唤她来参会的重要原因，虽然大阿尔伯特没有留给科隆宏伟的建筑，但是他却留下了不断探索的精神。布蒂默的言外之意是，希望参加国际地理联合会的学者都能体会大阿尔伯特留给科隆的精神遗产。布蒂默作为人文主义地理学的代表人物，她借大阿尔伯特，再次强调人文地理学研究中"反思"的重要意义。

大阿尔伯特是一位生活在13世纪的神学家、哲学家和科学家，他一生最主要的学术成果是在科隆完成的，他主要的学习生涯是在帕多瓦大学度过的。这所大学是当时欧洲的知识中心，在那里，大阿尔伯特学习了阿拉伯语。1223年他加入了天主教多明

触景生情

我会,之后在博洛根尼大学继续学习神学,1245—1254年又在巴黎讲学。后人认为,当时巴黎人了解到的阿拉伯国家的知识,很多是大阿尔伯特传授的。1260—1262年,大阿尔伯特任雷根斯堡的主教。之后,他迁到科隆,在一个修道院隐居,余生致力于研究。在大阿尔伯特所在的修道院里,有些房间可以被称为"科学实验室"。大阿尔伯特在那里做了无数的实验,并有很多著名的发现,例如,他发现了化学物质"砷",并总结了一些冶炼的知识。他根据实验结果,撰写了《物理学》等著作。然而这些发现并不是令人们敬仰他的主要原因。在神学至上的时代,大阿尔伯特主张学习前人经典,验证已有知识,发现新的世界,因此当时有很多人批判他。人们敬仰他,正是因为他顶着巨大压力的探索精神。

大阿尔伯特坚信亲自进行观察、调查才能得出有价值的结论。这样的认识世界的主张,可以贴上"经验主义"或"实证主义"的标签。大阿尔伯特提倡的"反权威",也使得他的学生托马斯·阿奎纳的学术地位超越了他。

体会科隆城市精神,需要了解城市的历史。感谢科隆的雕塑家,用大阿尔伯特的雕像展现了"读且思"的精神。

兵马司的老房子

经济学的价值理论解释了一个地方三类事物的本性对不同人的效用不一样，因此人们对一个地方的价值判断也不一样。经济地理学解释了，事物之间的位置关系也会改变人们对一个地点上三个本性的价值判断。每个建筑既有第二种本性，还有第三种本性。建筑老旧之后，其使用价值就会降低，在好的区位上的老建筑更容易被拆除，建设新建筑。如果在一个老建筑里发生的历史事件为许多人认同，具有象征意义，那么其第三种本性的价值就高了。这种意义象征若能被后代接受，那么就成为可延续的地方性。

触景生情

民国时期图书馆

这些年,北京的金融街在不断拓展。许多历史文物在隆隆的推土机声中变为历史尘埃,取而代之的是高楼大厦。然而,在推土机计划推进的区域,一些历史院落、名人故居被挂上了明显的标志。这如同一场以文对武的"战争"。人们通常认为政府是短视的,他们必是选择"来钱快"的土地利用方案。然而,这场文武

兵马司的老房子

之争的双方都是政府，一方为金融街管委会，一方为西城区文化委员会。决定金融街扩展的部门一定知道，历史建筑是城市记忆的载体，但是在经济利益和精神寄托两者之间，他们选择了前者。而我们在抱怨政府短视的同时，也应该扪心自问：我们自己是否也是短视之人？作为一介布衣，我在日常生活中就面对着这样的艰难选择。

1971年"九一三"事件后，我家从北京毛家湾胡同对面搬至西城兵马司胡同，这里正是位于金融街扩展区的东侧。我们搬入的新址原为地质部招待所，后由全国人大常委会总务处管理。招待所门廊的墙壁上嵌着修建碑，碑文道出，该建筑为地质调查所图书馆，1918年落成，时任大总统黎元洪列在捐款人之首。黎元洪当时还担任中兴煤矿董事长，这是中国第一家完全由中国人自办的新式矿业，由此不难看出他为何重视地质科学。碑文的字句闪耀着立碑人强国富民的抱负，我对其中的一句记忆犹新："中国地质之发明数千年，其首山之铸肇自轩皇。"1928年，贝寿同又在图书馆的西侧设计监修了一幢德国样式的二层小楼。贝寿同是建筑大师贝聿铭的祖叔，为世界建筑业贝氏家族第一代创始人，其留存的建筑作品极其罕见。

蔡元培先生赞誉地质调查所为"中国第一个名副其实的科研

触景生情

机构",在这里任职的有众多的著名科学家,如谢家荣、王竹泉、叶良辅、李捷、谭锡畴、朱庭祜、李学清、翁文灏、黄汲清、杨钟健、孙云铸、袁复礼、尹赞勋、俞建章、裴文中、贾兰坡、李春昱、程裕淇、李善邦、孙健初、侯德封、侯光炯、安特生(J. G. Andersson)等。

2013年的一天,我回到兵马司的老房子收拾父母遗物,从街坊处得知周边拆迁补偿的力度很大。我心中忽然冒出一个念头,希望老房子也在推土机作业的范围。但是家兄的态度让我悟出了一个道理。在决定是否丢弃屋中一些老物件时,家兄的情绪几度激动,斥责我丢弃他与父母的情感联系。我想,保留城市历史建筑的作用,就如同家兄坚持保留老物件的意义一样,建筑和老物件都会唤起人们的情感记忆。我设想着未来几年后老房子的两种前景:老房子和这片区域全部被现代建筑取代;兵马司的老房子被现代办公大楼所环绕。细细一想,我更喜欢后者。

上海老街与天下

　　空间尺度转换是指具有空间上包含关系的大空间单元与小区域之间的相互整合。大行政区划分为若干下辖小行政区，是降尺度的转换；若干空间毗邻的国家整合为一个区域联盟，就是升尺度的转换。文化区的尺度转换机制有多种，因此也有多种升尺度转换分析方法。第一种是文化形式区方法，又叫景观学派方法。这种方法可以延展出文化传播方法。第二种是文化结构功能主义方法。第三种是超有机体主义方法。第四种是后现代主义方法。

触景生情

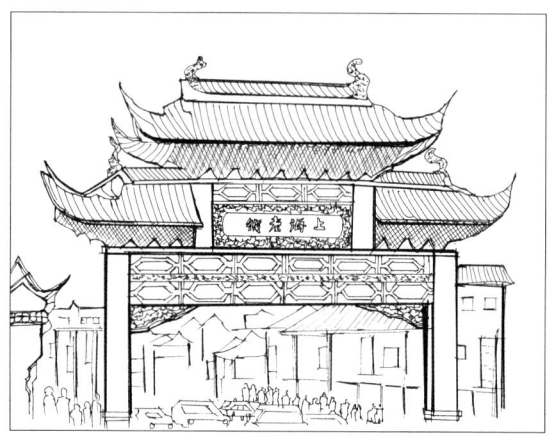

我一生中到上海的次数已然数不清,然而每次都有新的认识。2013年暑期前,我在复旦大学史地所访学,讲座题目是"城市文化空间的尺度转换",实地调查也自然围绕此题目展开。"空间尺

上海老街与天下

度转换"听上去挺唬人,将这个地理学词汇换作朴实的表述,就是上海老街上的人,如何同时将自己当作"天下人"。人文主义地理学大师段义孚把这样的问题称为"家与天下的关系"。天下是由无数的家或者家园组成的,多数人不能在有限的人生中行遍天下,所以人们靠两类方式将家园与天下联系在一起:与其他地方的人进行贸易;与其他地方的人分享共同的价值理念。

豫园是上海的地标景观,毗邻它的一条老街在旅游手册里被称为"上海老街"。"上海老街"是天下商品交流的地方,这里的人们深知它的兴衰与天下的兴衰息息相关。这条街位于黄浦区豫园街道的方浜中路,之所以成为上海老城重要的商业街,是因为它拥有优越的地理位置。老街西邻城隍庙,在上海尚未成为国际贸易商埠之前,城隍庙会的集市就已经延展到这里。老街东端直抵老上海城的小东门,出小东门便是黄浦江上最著名的十六铺码头。清代乾隆以后,海禁开放,上海由于地处中国"北洋"和"南洋"的中间位置,遂成为当时中国海路贸易的重要港口。为促进经济,北洋通商大臣李鸿章在沪创建招商局,招商局的大仓库就位于十六铺码头。繁忙的客运货运,给老街带来无限商机。如今,老街上还有十余家百年老店。例如,童涵春国药店采购天南地北的国药,裘天宝银楼的首饰卖到四面八方,老上海茶馆里坐着各

触景生情

地的商客，等等。每个老店都像一个节点，将老街与天下的经济之网联系在一起。

"上海老街"的人也与天下的人一样：有着共同的价值理念，追求幸福和公平的生活。访学期间，有时间我就会跟史地所的学者在上海的里弄转。一次，走入老街北侧宝带居委会的里弄，发现弄堂口坐着七八位当地居民，当得知要调查居住状况，他们马上围拢过来，诉说其住房之苦。这里是上海常住人口密度最高的地方，今日的房客已不是过去的富商巨贾，而是低收入人群。谈话之间，我们这些外来人与当地人的距离拉近了，但这不是因为我们彼此可以做生意，而是因为我们怀揣共同的梦想：愿人人过上美好的生活。带队的安教授说："老上海棚户区的'滚地龙'是一种特色城市景观，然而那并不是人们的梦想。"当"幸福与公平"成为富人与穷人、富国与穷国的共同梦想，这个梦就会将天下联合为一体。

高野山的边界

地理界线是指某种事象空间分布范围之间界线，其中可以分为自然地理界线和人文地理界线。分析地方性的覆盖范围，或分析文化区范围，是文化地理学者的核心任务之一。文化区具有开放性，人们在各个文化区之间流动，因此文化区的地理边界是一个可渗透的边界。在同一个文化区中，不同文化的人们相遇时，会在行为上、心理上呈现出身体的边界，因此文化地理学者还讨论以身体为单元的地理边界。

高野山的边界

高野山位于日本和歌山县，是一片山峰的总称。层峦叠嶂之中，散布着佛教寺院117间。2004年，联合国教科文组织将日本"纪伊山地圣地与参拜道"列为世界遗产，高野山是其中重要的组成部分。

2013年我参加了在京都举办的国际地理联合会会议。会后我和参会的部分学者，怀着对佛教圣山的敬仰走进了高野山。和歌山大学的岛津教授义务承担考察指导。他告诉我们，高野山被称为"八叶之峰"。所谓"八叶之峰"，是对高野山地形的描绘，即以金刚峰寺所在的小盆地为中心，周边有内八峰、外八峰，这样的形势如同绽放的莲花。莲花是佛教的文化象征符号，寓意清净的功德和清凉的智慧。岛津教授还给我们展示了一幅古地图，地图中的"八叶之峰"不再仅仅是绘图者对自然的描摹，还投射出绘图者对自然与佛教的热爱。由于我的膝盖有伤，未能登上山巅一览高野山的总貌。但从喧嚣酷热的城市来到静谧清凉的山间小盆地，我可以体会融入自然朴实中，获得内心之宁静。而追求从环境到内心的宁静，正是佛教信众的追求。

历史上，日本遣唐使在中日文化交流中扮演了重要角色。在众多的遣唐使中，有一位法号为"空海"的僧人，即著名的"弘法大师"。日本平安时代弘仁七年（816，唐元和十一年），嵯峨

触景生情

天皇鉴于空海的德行，允许他在高野山地区修行。之后，空海在高野山开创了日本的真言宗，同时还建立起日本高野山真言宗的总本山金刚峰寺。在日本，许多僧人与常人一样，娶妻生子，甚至饮酒啖肉。但真言宗的僧侣敬神、礼佛有自己虔诚的形式，因此高野山的僧人也得到了特殊的敬仰。

我们走到弘法大师庙台阶前，一位小和尚在每位进门人的手心上点上一小撮香灰。我端起相机，欲拍下他年轻的脸庞和虔诚的神态，然而被小和尚严肃地拒绝了。尴尬之余，我发现我与小和尚的互动，体现出两种不同的价值观。他在我掌心点香灰时，将我视为同怀佛念的人，而当我端起相机的那一刻，我则变为了旅游者，把他当作了消费对象，至少当作了观察对象。倘若他接受了这种人际关系，他就与红尘的旅游业混为一体。由此，我想到，我们是否可以在朝圣者和旅游者之间快速地转换角色？若能如此，我们就变成了功利主义者，人生价值观的恒定之美就不复存在。

高野山的文化渗透在人与自然、人与人、人与宗教的关系中。在了解这里佛教文化的同时，我们也不能简单地定义这里是纯洁的佛教圣地，而高野山之外是污浊的尘世。出世和入世的世界观彼此互为积极与消极的参照系。行走在两种空间中，我们体会到在努力工作与心灵放松之间，需要智慧来平衡。

河回村的风水

　　文化生态学是指文化与自然的关系，其原初的分析逻辑是自然对文化的单向影响，现在拓展为文化与自然的互动。文化生态学是文化地理学的核心主题之一。由于文化与自然还可以分解为多层级的多种要素，因此文化与自然的关系实际上是复杂的多要素相互关系。早期的文化生态学研究被后人质疑，它们被质疑的问题在于，将复杂因果关系简化为一因一果的单向决定关系，其实简单因果分析是复杂因果分析的第一步。文化与环境之间的关系是双向的，景观文化意义就是人对自然的认识。

触景生情

2013年初秋,我到韩国参加亚洲文化景观学会的会议。会后,东道主、首尔国立大学的金晟均教授带着我们参观了他的研究对象——河回村。2010年7月31日,这个小村庄入选了《世界文化遗产名录》。在此之前,英国的伊丽莎白女王、美国的老布什和小布什总统先后造访此村。据说,这个乡野村落最吸引人的就是它的风水。最早认定河回村风水的历史文献是朝鲜时代最早的人文地理学著作《择里志》,书中记录了朝鲜半岛的许多风水宝地,河回村便是其中一处。

河回村的地形状若"太极形",又称"莲花浮水形""行舟形""熨斗形",总之,它是一个藏风聚水的好地方。按照风水师的解释,地灵必然人杰,不过从目前掌握的资料来看,这里更像是先出了名人,再被认定为风水宝地。早在《择里志》问世之前,这里就是丰山柳氏家族聚居的村落,柳氏家族中的柳云龙(1539—1601)和柳成龙(1542—1607)兄弟二人,都是朝鲜中期的重臣和儒学家。

欲知河回村如何可占据好风水,必须在其山川形胜中来体会。河回村位于韩国安东市以西,我们从首尔驱车前往大约用了3小时。路途上,金教授跟我提到韩国的风水理论与中国的风水理论略有差异,并让我在河回村细细品味。

河回村的风水

来到河回村后，金教授先带我们一行登上村外的山前丘陵，从高地之上一览河回村全貌。放眼望去，洛东江从村庄蜿蜒穿过，河流弯曲的形状呈 S 形，正如太极图中的阴阳分界，而"河回村"名称便来自河流回转之形。村庄的房舍坐落在河流的凸岸，田地则位于河流的凹岸。这样的布局并非简单地契合阴阳，实际上它展现出古人对自然的深入了解——河流的凸岸是堆积岸，在这里修建房舍，地基就不会被曲流冲击所侵蚀。

单从这样的布局，尚且看不出其与中国风水的差别。而进入村庄后，民居的布局则显现出独特的一面。在平坦的河流平原上，中国的民居建筑一般会选择朝南，而这里无论是贵族的房屋，还是庶民的房屋，其朝向都不一致。按照河回村风水师的解释，村外各个山峰分属金、木、水、火、土五行，房屋的朝向要使主人的"命"与山峦的五行相生，因此房屋的朝向就不一致了。

仅从美感上，也可以解释房屋为何朝向多面。我们每到一户，开门推窗，便可以看到一幅构图精美的风景画。这种手法与中国古代造园的"框景"极为相似。坐在"玉渊精舍"的廊下，透过苍松的枝蔓，可看到清清的江水，起伏的远山。我不由得遥想当年柳成龙在此撰写《惩毖录》的情景，或许他心中的抗倭之志，

触景生情

便来自眼前的江山之美。

以往人们研究文化生态学多从自然如何决定文化入手,以人文主义地理学为认识论的文化生态学,既承认自然的决定作用,也强调人对自然意义的赋予。两者实际上是一体的。

河回村门与山的关系

伊斯坦布尔的"呼愁"

  humanism是一种思潮,最早出现在文艺复兴时期,中文译为人本主义,它强调人性之光,以此批判神本主义。20世纪70年代,人们给这个词赋予了新的含义,即用人性之光批判科学主义至上。彼时人文主义地理学应运而生。21世纪初,人文主义地理学领军人物段义孚又提出了人本主义地理学,其目标不只是超越科学实证主义的局限,而在研究方法、研究对象、研究目的上强调人性的感悟和觉醒。

伊斯坦布尔的"呼愁"

朋友送我一本《伊斯坦布尔：一座城市的记忆》。这是诺贝尔文学奖得主帕慕克（Ferit Orhan Pamuk）的一部回忆录，书中描述了作者对伊斯坦布尔这个城市的生活记忆。有文学评论家批评该书的忧伤是矫揉造作。说来奇怪，正是这种忧伤勾着我把这本书读了好几遍。

帕慕克在书中用土耳其语的"hüzün"描述这种独特的忧伤，中文版译者何佩桦将之译为"呼愁"。何为"呼愁"？帕慕克说这是一种集体的忧伤。对于伊斯坦布尔人而言，他们集体的忧伤在于这座城市的"伟大"已经成为历史。城市往昔的痕迹遍布每个角落：老城住宅木楼板被脚步踏出的"咯吱"声，引人想象昔日城市上流社会的生活；金角湾船坞里生锈的船壳，使人追思这个扼守博斯普鲁斯海峡的港口城市的繁荣；不同民族聚居区中颓败与富裕的强烈对比，让人想起历史上的宗教战争，以及曾在这里上演的征服与被征服的故事。但帕慕克认为这些具体的联想并非"呼愁"。呼愁是模糊的景象，是人们失去美好后的怅然。

城市的美好是什么？每个生活在伊斯坦布尔的人有不同的解释。在帕慕克笔下，伊斯坦布尔的美好暗藏在琐屑的记忆中，附着在他与家人住过的房子、生活过的街区、上学的地点，而非宏

触景生情

伟的建筑。这种写法与人文主义地理学大师段义孚的手法如出一辙。那些看似寻常的生活片段,却闪耀着生活的美好。城市中的街道和房屋都是这些记忆的载体。城市中有美亦有丑,"呼愁"却能神奇地剥离两者。

帕慕克也有不愉快的记忆:儿时父母喋喋不休的争吵,父亲生意破产后家境的破落,大家族成员之间不断发生的财产纷争。面对这些不愉快,年幼的他总是用一种心理游戏来自娱。当冬日茶壶里的水蒸气凝结在窗户玻璃上,他便用手指在上面作画,从而将自己的注意力从房屋内大人的争吵中转移开来。玻璃窗上的画,让他笼罩在神秘的雾中,心中的"呼愁"也就慢慢散去,身心得到放松。到大学时,他发现在自己画室里绘画,已经无法让他逃离内心的"呼愁"。而探索逃离"呼愁"的途径,成为他和众多伊斯坦布尔人的梦。

帕慕克在大学时专攻建筑学,他知道,对于一个土生土长的伊斯坦布尔人,在制定城市规划方案时,最难的是如何充分揣摩每个人内心的"呼愁",尤其是由"呼愁"剥离出来的"美好"。而在这个城市,将不同文化的人对于"美好"的理解融合在一起是一件困难的事情。这部著作出版后,帕慕克竟然受到暗杀的威胁,他不得不逃到国外。足以可见,人们之间在意识形态上的差

伊斯坦布尔的"呼愁"

异。因此城市规划很难从科学实证的研究结论中获得指导意见，在进行城市规划时，简单的方法就是选择宏伟的宫殿和庙宇，抑或是文学大师笔下的建筑来保护。比较难的是，如何保留每个伊斯坦布尔人认为美好的实体空间。

庆典上身着各民族服装的学生

洛特南教授的学生帽

文化认同有多种定义,因为用什么样的指标判定文化认同是有分歧的。故也有人将文化认同翻译为文化身份,寄希望于通过一些身份的表达方式,来判断一个人对一种文化的认同程度。身份的一种形式就是宣称自己是哪里人,而由法律限定的 citizenship,是一个比较明确的区域身份或地方身份。

触景生情

  2014年5月下旬，我来到芬兰赫尔辛基大学，参加该校授予美国布朗教授哲学荣誉博士的仪式。四年一度的荣誉博士学位授予仪式隆重至极，竟有四天连续的活动。赫尔辛基大学地质与地理学系主任马库·洛特南教授是我的邀请者。经过四天的交往，我从他身上感受到，芬兰人的文化认同具有鲜明的空间层次。

  我在赫尔辛基大街上走了几遭，没有发现芬兰人服饰有明显特色。若一定要说出比较普遍的特色，那便是人们偏爱白顶黑檐的学生帽。该城市每年的"五一"节实际上是4月30日举行，这个节日在赫尔辛基也称为"戴帽节"。当天，成千上万的市民戴着学生帽，聚集在市中心南码头广场上，为矗立在那里的哈维斯·阿曼达塑像戴上学生帽。据说该节日已有上百年的历史，而这个活动也成为芬兰旅游的品牌之一。

  我们虽然没有赶上这个热闹的节日，但是在博士学位授予仪式的最后一天，却有幸看到众多毕业生戴学生帽聚会的场景。奇怪的是，洛特南和其他教授也戴着学生帽参加了聚会。洛特南教授身高超过1.9米，他看到我仰着头看他的帽子，便摘下来让我瞧个仔细。他说这是高中毕业时学校颁发的，每个芬兰高中生毕业时都会得到这样一顶帽子，逢节庆时大家都会戴上它，所以有时会看到芬兰老人也戴着学生帽。

洛特南教授的学生帽

学生帽是芬兰人的文化标签。单看洛特南教授的这顶帽子，说不出有什么特点，但是将它与其他人的学生帽一比较，就会发现一个有趣的现象：每个帽子外面均是白色，但是里面的内衬却是不同颜色的图案。洛特南教授的学生帽内衬是红黄黑条纹。他自豪地说，这是他的民族或家乡的颜色。我再看旁边一位教授，他的帽子内衬蓝白条纹。再多看几顶帽子，就会发现，内衬还有多种颜色组合的条纹。学生帽内外颜色的差别，实际上代表着芬兰人对大小两种区域文化的认同差异，帽子外面的颜色是对国家的认同，而内衬的颜色则是对民族的认同。

经过历史上的多次行政区调整，芬兰目前分为六个省，每个省下还有区，全国共有19个区。"区"实际上是芬兰语maakunta、瑞典语landskap的中文译法。与芬兰的省相比，"区"能更好地体现方言、文化及经济上的差别。这是因为其边界与历史上的省份边界有很多重合。学生帽内衬的颜色来自各区的盾徽色。在博士学位授予仪式上，身着不同区域颜色绶带的礼仪员站在四周，教授和学生们用芬兰语和瑞典语高唱芬兰国歌《我们的祖国》。这也像芬兰人的学生帽一样，体现出他们对国家和民族文化认同的共时性。

北京城的意象

　　城市意象没有严格的定义，学术界多认为是凯文·林奇在《都市意象》(又译《城市映像》)一书中提出的。映像其实在人们的头脑中，要表达出来则有不同的形式，受林奇映像概念的影响，大家都喜欢用林奇创造的"节点、道路、边界、区域、标志"来表达一个城市的映像。文化地理学没有停留于此，而是赋予这些空间术语所表达的空间特征以现实意义。

北京城的意象

就一个城市而言，其城市意象就是人们内心中对该城市的感知结果。例如，人们说首都是"首堵"，这就是一种城市意象。而文化地理学者谈城市意象，更为关心空间化的意象。例如，有的人说自己的城市平面图看上去像神龟，也有的说像八卦阵；有人说自己乡村的地图形似耕牛，也有的说形似莲花。这些形象都是用建筑和道路组合体现出来的。按照这样的思路，有人说北京旧城是"凸"字形，还有人说是"品"字形。如果我们不清楚城市形态背后的意义或道理，那么这个城市的意象就无法传承下去。

以北京旧城居住空间为例，理想的居住环境不但需要安全、舒适，还不能有阶层隔离。在北京旧城之内，貌似有故宫、皇城、内城和外城的居住等级序列，但是我们细看可以知道，贫富居住是混杂的。清代王府并非集中分布在皇城内，而是分散在内城的各个地方。民国以降，清代的王府被充公，一些作为政府和教育办公用地，一些作为官员的宅邸。这些旧王府周围的建筑等级有高有低，不同社会阶层的人们"大混居"在一个街坊、"小隔离"于自家院落，这种"大混居、小隔离"的格局既满足了跨阶层的文化对话，也满足了人们心理安全的需要。著名女作家林海音的小说《城南旧事》讲述了北京南城各阶层混居的故事，书中英子与佣人宋妈、大学生与"疯"女人秀贞、英子与"贼"之间的对话，

触景生情

就是阶层间的文化碰撞。

城市居住意象不单体现在建筑层面上,还需要用文字和图像确定下来。旧城的建造出自官方和民间。无论是百姓,还是帝王,他们都有意识地按照某种模式来设计建筑。这种被普遍认同的空间模式是实践的参照。只要孙辈依然继承祖辈的价值观和审美情趣,那么这种文字化的空间模式就可以继承。例如,古建修复公司按照《营造法式》修建老建筑,按照《园冶》复建老园林。

可惜的是,古人没有给我们留下安置居住空间的好文本。清代曾规定满人与汉人分内外城居住,这在民国时期被打破,因为人们不接受这种民族高下之分的价值观。目前人们并未说清楚"大混居、小隔离"的好处,因此还没有创造出一种被普遍接受的、文字化的居住空间模式。再看目前北京城市规划的文本,它有居住的概念目标,但是没有关于各个阶层居住区的空间秩序,因此很难留下传世的"城市意象"。

塔林二人游

地方是地理学概念，地方感则是人文主义地理学的概念，后者指人们对地方的感知和认知结果。这种强调主体性、感悟性的研究视角，就是对人之能力的强调。国内有学者曾质疑人文主义地理学是唯心主义的，其实这是一种误解。人性的自省实际上是人与物质世界的互动的结果。

触景生情

塔林城市一隅

2014年春天,我与美国的布朗教授前往爱沙尼亚首都塔林参观,据说塔林是欧洲保存最好的中世纪古城。从赫尔辛基到塔林的交通极为方便,渡轮每小时一班,到码头买上船票就出发了。然而,后续的旅游却时时体现出我们两人的差异。

塔林二人游

首先，我们两人的塔林意象图（mental map）完全不同。下了渡轮，我四处找出租车，然而布朗教授却说走几步就到了。在北京生活惯了，我真不容易想象这个首都城市有多小。果然，我们走了约10分钟，就到了塔林老城。老城的样子一点儿没有出乎我的意料，它和许多欧洲城市的老城有相似的景象（image）：蓝天白云映衬着教堂和古堡高耸的尖塔，这就是一幅不折不扣的"塔林图"。然而布朗却说这是丹麦风格的城堡。事实上，塔林的老城的确是丹麦人建的。"塔林"来自爱沙尼亚语，关于其含义有许多不同的意见，学者们从语言学上进行考证，一种结论是"丹麦城堡"（Danish castle），一种结论是"马厩城堡"（the city of stables），还有一种结论是"冬天的城堡"（winter castle）或者"农庄城堡"（farmstead castle）。后面几种似有逻辑联系。在这个高纬度国家，牲畜必须在马厩里过冬。塔林是古代的军事重镇和重要商港，这里自然有军队和商人的许多马匹。

其次，我们两人对城市历史建筑的美学认同不同。为了节省时间，我们选择乘观光车游览城市。在若干线路中我们选择了历史古迹最多的一条。沿途各种古建筑目不暇接。途经苏联时期修建的克格勃大楼时，老布朗感叹："真难看！"而我倒是觉得该建筑的顶端，与北京展览馆、中国军事博物馆等建筑风格相似，并

触景生情

不难看。观光车的语音解说提醒游客们注意：该建筑地下室的窗户已经被砖封上，因为爱沙尼亚人不愿意联想到从那个窗户里传出的刑讯声。此时我方才理解，人们的历史情感是建构建筑美感的基础。

建构主义强调：人们对一个地方的感知具有差异。布朗教授与我在经验和知识上的差异，影响到了我们建立的塔林地方感。知识的差异可以通过多种途径缩小，然而跨越情感的差异或对立则是困难的。人文主义强调"人性之善"，现象学强调意识之本源，这或许可以帮助我们达到文化共通。

北大30楼

身体地理学可以有两重理解：其一是人们关于身体态度的空间差异或地理分布，例如对肥胖身体的美丑评价、健康评价在世界各地不一样；其二是将身体作为空间的最小尺度，参与到不同尺度地方的生产之中，例如人体行为艺术对地方的营造。文化景观的意义是在身体与景观发生互动时产生的。没有物质性景观对身体的启动，人内心的景观意义则无法被有效唤起。

触景生情

2014年秋季开学之际,听闻北京大学校方计划拆除三幢学生宿舍的消息。这三幢宿舍是建于1956年的旧楼,30楼是其中之一。据学校公寓管理中心的消息,决定拆除这三幢楼是因为它们已经到了建筑寿命期的终点。旧楼拆除后,将在原址建设新的学生宿舍。

许多北大毕业生在各种民间媒体上传达了对三幢楼的依依不舍。有人回忆1976年唐山大地震时,他们半夜从宿舍里跑出来的情景;一些上了年纪的北大老校友也纷纷来到三座楼前拍照留念。30年前,我在北大读硕士期间,也住在30楼。同宿舍4人,我的"下铺"是于小东,现为北京大学《经济科学》杂志副主编;另外两位是赵静和刘丹,她们现在海外知名大公司中任职。我们知道,30楼不仅凝结着我们个人的记忆,还负载着一群人的记忆。

人的思维过程真是奇妙,嗅到的气味、看到的景象、脚板感受的地面质感,都会调动某种联想或记忆。曾住过30楼的北大人,为何对老楼恋恋不舍?因为看到它,封闭的记忆闸门就会打开,美好的记忆便会流淌出来,滋润着被岁月磨蚀的心。这是闭上双眼冥思不出的感受。若30楼被拆掉,这个开启记忆的闸门就要丢失。

西蒙·乌沙在《风景与记忆》一书中,专门讨论了景观如何

北大30楼

调动人们的记忆。她在导言中说道，人们内心都有一个小精灵，当我们伫立在景观面前时，它会带领我们穿越到过去的时空。英国人内心的小精灵，就像英国历史童话《普克山的帕克》(*Puck of Pook's Hill*) 中的帕克。借助帕克的魔力，人们站在普克山上，可以与维京战士、罗马百夫长、诺曼骑士对话。虽然中国的文学作品中没有帕克这样的精灵，但是当我们站在波涛汹涌的黄河岸边，中华民族荡气回肠的历史画面就会涌现在眼前。

30楼能够唤起的记忆不是史诗般的，不是被中华民族共享的，而是寻常的、零散的。这些年文化地理学者已经注意到，在城市建设和景观设计中，要避免两种极端：一种是忽视集体内部的差异，只保留或建设共同历史感的景观；另一种是仅展示某些人的记忆和意义。在两个极端中要找到一个平衡点，需要智慧，否则便容易引起城市空间政治的论战。而人本主义强调的"善"，可以帮助我们将问题简单化。

曾住过30楼的北大人要进行二选一：要么呼吁留下30楼，让它继续濡活自己的心灵；要么支持学校拆掉30楼，让更多的学弟学妹住进安全的宿舍。此时，"善"指引我们毫不犹豫地放弃前者，因为舍己为人就是一种"善"。

金宝战役纪念地

按照"一纵一横"的分类,文化意义的空间整合有两重含义:一种是在同一个区域内不同类型的文化之间的整合,例如生计文化、制度文化和意识形态文化的整合;另一种是不同空间单元的文化相遇后的整合。

金宝战役纪念地

　　金宝战役是第二次世界大战期间亚洲战区的一次重要战事，它发生在马来半岛上的小镇金宝。该镇位于缅甸战场通往马六甲海峡最重要的城市新加坡的必经要道上。小镇西侧是纵贯马来半岛的山脉。汤普森、格林和塞米特里三个山头位于公路旁边，居高临下，扼守金宝镇。由于金宝镇的军事地理位置重要，1941年末，日军希望在1942年元旦那天攻下英军控制的金宝镇，作为送给日本天皇裕仁的新年礼物。12月30日战斗打响，守方是英军和英属印度部队，约1300人；攻方是日军第五师团，4009人。战斗之惨烈，从人们流传的英雄故事可见一斑。一名率领冲锋的英军军官，双膝以下均被炸飞，但依然俯地投弹。英军鏖战4日，摧毁了日军"元旦献礼"的美梦。1942年1月2日，由于英军在北部战场失利，日军大量后援南下支援金宝镇的第五师团。英军寡不敌众，从海上撤退。此次战役，双方伤亡惨重。

　　这么重要的战役，理应建有一个纪念馆或纪念碑。然而事实并非如此。金宝镇目前只有一个很小的、简陋的纪念标志。那是一位名叫"Chye Kooi Loong"的退休历史教师组织当地若干热心人士建立的。在维基网站上，人们可以查到这位教师为金宝战役纪念地的建立所做的种种努力。这位教师一生的大部分时间都在游说政府建立金宝战役纪念地，然而他却没有得到任何积极的回

触景生情

应。他年复一年地寻找战役的历史痕迹，并在重要地点的树干上拴上布条，作为标记。政府之所以如此冷漠，是因为1957年马来西亚独立后，一直致力于塑造独立国家的形象，因此必须淡化英国殖民时期的历史痕迹。金宝战役或多或少地透着殖民时期的历史痕迹，因为这不是一个马来军队抗击日寇的故事。尽管英国国防部也希望建立一个战役纪念地，但是并未得到马来西亚政府的积极回应。金宝镇每年都有当年阵亡官兵的家属前来凭吊，他们当中有英国人、印度人，当然还有日本人。战役纪念地为谁而建？这成为最核心的问题。

任何"意义"都有承载人群。在这个故事中有金宝镇人、马来西亚人、英国人、印度人和日本人，这些人群所覆盖的空间范围从局部到全国，乃至世界。在 Chye Kooi Loong 老师多年努力下，2010年马来西亚政府同意建立金宝战役纪念地，这是因为他找到了当地人在金宝战役中做向导、当翻译、救伤员的证据，从而打消了政府的意识形态"顾虑"。试想，若没有这些证据，是否就没有可能建立纪念地了？其实，如果我们将金宝战役纪念地的"意义"定位在"反对战争，热爱和平"，那么我们就可以将金宝镇人的记忆，与马来西亚人的记忆，与世界其他地区人们的记忆融合在一起。

柳毅、洞庭与地名文化

　　地名是文化地理研究的对象，因为它具有寄托一个地方的人们美好寓意的功能。文化地理学研究地名主要关注地名的空间组合，例如四海、五岳、九州等。但是还有一类也是地名空间组合，这就是与文学相关的一套地名。由于中国文学或传说中的许多地名与真实地理实体有对应关系，因此继承中国语言文学，与保护地名空间组合有着密切关系。这些地名空间组合作为表层结构，其背后的深层结构是，中国文化倾向植根大地。

触景生情

不同的地方有着不同的地名文化,这便是文化地理学的研究内容。自2014年夏天开始,全国各地陆续开始进行第二次地名普查。可想而知,普查结束后,大众媒体上又会登出同名的地方有多少。这就像人口普查后,媒体公布全国有17,034人叫"刘德华"一样。中国人为何喜欢用同样的地名?

太湖中有一个半岛,名曰"东山"。这里是长江三角洲著名的休闲度假胜地。湖畔有一个著名的私家园林,名为"启园"。门前石桥上刻有"洞庭"二字,园中有一景点为"柳毅井"。这两个地名都来自《柳毅传》。晚唐之际,《柳毅传》于民间流行,唐宋之际,各地纷纷据此传说附会造景,除了太湖附近的"柳毅泉"、陕西泾阳的"柳毅传书台"、湖南岳阳君山的"柳毅传书处"外,还有许多类似地名分布于甘肃的天水和陇西,宁夏的固原和泾源,江苏的南京、苏州、扬州等地。

复旦大学历史地理学者张伟然教授专门考证了《柳毅传》作者内心的地名地图。他认为该故事虽是虚构,但地名应为真实世界的对照物。他按照《柳毅传》的故事逻辑,将长安、泾阳、扬州、金陵和太湖的空间位置确定下来,从而得出结论:如今的太湖就是故事中的洞庭,因此太湖边就应该有柳毅下龙宫传书的水井了。那么,在太湖边众多的水井之中,哪口井连通龙宫?南宋

柳毅、洞庭与地名文化

《吴郡志》记载,今天启园中的这口水井"旱涝无盈沽,风要亦不浊,井水香甜津润"。人们自然认为这便是下龙宫的入口。

历史地理学者的任务是考证地名的位置,而文化地理学者则要思考各地偏爱同一个地名的文化因素。其缘故或许有二。其一,柳毅的传说正符合中国传统文人读书从仕,有朝一日登堂入室、大富大贵的心态。正所谓书中自有黄金屋,书中自有颜如玉。而柳毅作为落第书生,经历传奇遭遇,最后羽化登仙,这是对广大书生最大的鼓励——即使读书没有中第,读书人也能靠上天保佑最终成就大富大贵。简而言之,天佑读书人。其二,自唐玄宗时代以来,唐人颇好道家的长生不老之术,而柳毅作为从普通人化为神仙的典型,在当时自然被捧为"明星"。

正因为中国人有很多相同的文化追求,因此才有了"名同地不同"的现象。从国家地名管理的角度,一般建议不用相同的地名,但是从体现中华民族文化共享的角度上考虑,我们是否要鼓励这种同名现象呢?还是要鼓励基于深层结构的地名命名创新?

迪尔伯恩要塞

　　道德地理是与人文主义地理学相联系的一个分析视角。它主张从人性角度思考空间安置的道德立场。不同的人或人群有自己的道德立场,它来自历史文化、生活经验、身体的本能等方面,涉及人们对自己、对他者、对自然、对神灵的态度。当不同的道德在同一个区域或空间相遇时,就会考验人性。我们相信历史进程虽然曲折,但是向善向美的空间道德一定会逐渐被大家认同。

迪尔伯恩要塞

朋友陆绍明教授邀请我参加他主持的一个课题，核心工作是"聚落记忆活化"。2015年4月底我在芝加哥参加地理学家美国联合会（AAG）的年会时，发现了城市历史记忆活化的例子。

我住的酒店与会议举办的酒店隔着密歇根大街，每天去开会，均要跨过这条城市主干道。在等过街信号灯时，我无意间发现人行道上有一个金属标记，上写着"Site of Fort Dearborn"，意为"迪尔伯恩要塞遗迹"，但路口四周均为高楼大厦，并无要塞的建筑。再细心观察，地上竟有十余个同样的金属标记。它们断断续续地勾勒出要塞旧址的边界轮廓。跨过密歇根大街，要塞边界的金属标记一直延伸到对面的人行道上。我从未听说过这个要塞，但也许这些金属标记，正是使历史"活化"的手段。

芝加哥位于北美五大湖之一密歇根湖的西岸，芝加哥河蜿蜒穿过城市，注入密歇根湖。河流进入湖泊的地点，是地理学家眼中的重要节点，也是芝加哥城市发源的重要地点。南北走向的密歇根大街与湖岸相交，东西走向的瓦克大街沿着芝加哥河的南岸而建。瓦克大街与密歇根大街的交界处正是迪尔伯恩要塞的旧址。18世纪，许多北美内陆的皮毛贸易商借助芝加哥河的舟楫之便，将皮毛运到密歇根湖畔，卖给欧洲皮毛商，欧洲皮毛商将货物转装大船，大船自密歇根湖进入休伦湖、伊利湖、安大略湖，再驶

触景生情

入加拿大的圣劳伦斯河，而后通过大西洋前往欧洲。当时，芝加哥河与密歇根湖交界的地方，已然成为货船转运、货物仓储、商人贸易的重要地点。

这样重要的商贸地点，自然是兵家必争之地。1803年，美国政府为保护皮毛贸易，命约翰·惠灵顿上尉在此建立军事要塞，并以美国独立战争的英雄亨利·迪尔伯恩的名字命名要塞。一年后，要塞初具雏形，约翰·金泽皮毛公司在此建立商站。又经四年的建设，矗立在芝加哥河南岸小丘上的要塞成为芝加哥的地标。守卫这里的军人及其家眷住在要塞中，要塞周边是商铺和商人的住房。1812年，为赶跑入侵者，印第安人攻击了要塞，守军被迫撤离，要塞被毁。1816年，美国军队重新夺回此地，重建要塞。1857年，皮货贸易结束，要塞失去了价值。1871年，芝加哥大火，要塞再度被毁。

印第安人和美国白人对迪尔伯恩要塞的历史记忆是不同的，用简单的金属标记勾勒出该要塞的位置轮廓，既尊重了历史，又没有突显白人的征服或印第安人的抵抗。当我们无法言说历史道德的时候，这种历史活化的方法是否更为可取？

蒲氏祠村觅乡愁

按照人类学家林顿对文化的定义,分析文化景观也可以从形式、用途、功效和意义展开。"形用功意"大致与"四层一体"的自然层、生计层、制度层和意识形态层对应。文化景观调查最容易的工作就记录"形式",手段是拍照、绘图、录像等。但是要调查文化景观的用途、功效和意义就非常困难了。难点在于记录何时的"形用功意",抑或可以不考虑时代?许多规划通过保护文化景观之"形"而留住"乡愁"。而这种实践隐含着悖论:"乡愁"实质是当下的"意",保留"形"可能与当下的"意"相对立。

蒲氏祠村觅乡愁

自"记得住乡愁"成为乡村建设的目标后，中国规划师便遇到一个难题：在乡村选择哪些建筑为核心景观。

2015年5月，我与北京大学、中山大学的历史学家一起考察四川省南部县，该县保留了全国少有的清代县衙档案，其种类齐全，研究价值极高。像许多地方志一样，《南部县志·艺文志》中也记载着当地的著名景观，号称"南部十四景"，如玉台晓霞、凌云仙洞、醴泉留香、锦屏叠翠等。于是我有了一个想法：规划师可否选择"十四景"作为这里的核心景观？然而问及当地人时，甚至连当地学者也难说出"十四景"是什么。显然"南部十四景"并不能体现人们的乡愁。百姓内心的乡愁到底投射在哪些主要建筑或景观上？

我们的田野工作地点之一是南部县千秋乡蒲氏祠村。我们推断，该村蒲姓家族的宗祠遐迩闻名，故成为村名。蒲氏宗祠院落占地约2000平方米。南部县是以农业为主的县份，许多村庄罕有如此大的祠堂，这足见蒲氏家族昔日之兴旺。而今，由于多年失修，无人居住，该祠堂已是残垣断壁，荒草丛生。我们依稀辨出祠堂外墙上书写的两则文字。一则为"中共千秋乡蒲氏祠村支部委员会"，另一则为"科技兴国、文明□□"（后两字模糊）。10年前这里是村里重要的地点，现今，祠堂依然保留着精美的石雕、木雕和壁画。看来，无论是蒲氏后人，还是他姓村民，都应

蒲氏祠村觅乡愁

该选择这个祠堂作为乡村的代表建筑。我们步入弃居多年的祠堂，正午的阳光从坍塌的屋顶破洞洒入，左右侧墙上有数块木板，上面的"祠规十六则"分外显眼，因前不久有人用油漆重描过。该祠规立于清光绪六年（1880），洋洋洒洒近千字。每则开篇有一句要点，如"申孝悌以端百行之原""敬尊长以明齿让之礼""护坟茔以隆报本之谊""完钱粮以免催科之扰""遏邪淫以正伦纪之序""禁辱骂以端风俗之美"……这些都是儒学之理在乡间的体现。祠规不断被族人重新描写，由此可以推断它正是蒲氏族人"乡愁"的核心。然而，这么具有文化内涵的建筑，为何得不到保护？

我们原以为缺少维修资金或许是蒲氏祠堂破败的原因。但是村民盖了不少新房，宗祠旁就有一座气派的三层农舍。村中还有个小工厂，法人也是蒲姓后人。经询问才知，维修资金并不是最大的障碍，关键是村中没有募集维修资金的"由头"。当这个建筑不再是宗祠，不再是村党支部所在地，它便丧失了"村落自组织中心"的地位。我们看到，祠堂建筑的"形"基本存在，以祠规体现的"意"也写在里面，但是因为其用途已经发生了变化，即该建筑已经不是村落社区的自组织中心，因此在传承儒学文化上的"功效"大大降低。这让我们反思，只保留"形"的乡愁空间实践未必可以留住乡愁。

迪恩皇家森林的记忆

记忆地理也是文化地理学的一个研究领域。它是指人们对地理的一种解读形式。这种对地理的解读带有主体性、情感性、感悟性,因此它与所谓的客观的、共识的、稳定的地理不一样。这样的地理知识并不是反对唯物主义的。

迪恩皇家森林的记忆

迪恩皇家森林位于英国英格兰。1938年,它被命名为"迪恩国家森林公园",这也是英国第一个国家公园,每年吸引大批旅游者来此,欣赏自然之美,享受户外休闲时光。当地政府还希望通过这片森林向游人展示当地的历史,尤其是19世纪快速发展的历史。彼时,这里是英格兰重要的工业重镇,依托煤矿和铁矿发展了钢铁冶炼业。19世纪末,钢铁冶炼业开始衰落,到20世纪初,工厂和矿山陆续关闭。英格兰林业委员会呼吁"活化"这里的历史文化,为此,英国布里斯托尔大学的丽萨·希尔来到这里,开展文化地理学调查。

丽萨调查的目的是发现当地人文景观与人们记忆之间的关联。她找到一位曾在此工作的退休老矿工,由他带领在森林中开展"调查"。调查的路径由老矿工来决定,调查方式是开放式访谈和景观观察。老矿工一边走,一边介绍所经之处的往昔景象,而丽萨则观察所经之地的景观,尤其是人文景观,如老教堂、废弃的工厂、球场……她站在废弃的铁轨上,目光沿着铁轨延伸到山中,这时她仿佛听到矿车经过时发出的"咔嗒""咔嗒"的声响。显然,留住这些老物件,就会唤起人们这样的时空想象。

丽萨一路细心地观察老矿工着意介绍的人文景观,并记录下有关这些景观的故事。在树林间的一条道路边,老矿工喃喃地说

触景生情

道:"小时我常在此等父亲回家,夜幕中父亲和其他矿工头上的矿灯像一群萤火虫,沿着道路的远端飘过来……这些矿工中的许多人上了第一次世界大战的战场,他们是挖战壕的好手呢!"说话间,老矿工的双眼望向远方,像是回到了历史空间中。艺术家劳拉·德里在林间的路上设立了矿工塑像,并放置了一些老矿灯,意在唤起人们的记忆。然而,未在这里生活过的游客,怎么会触景生情,想象出"儿盼父归"、富有童趣的感人画面呢?

法国哲学家柏格森将记忆分为两种:一种是"习惯记忆",人们只要重复一个行为就会唤起相关的记忆,比如老矿工看到矿区的地坑,就会想到儿时躲猫猫的场景;另一种是"纯粹记忆",它存在于个人的潜意识里,无需通过重复过去的行为或看到某个熟悉的景象来唤起。两种记忆的关系是,当老矿工一次又一次地向他人讲述往昔的故事时,会不自觉地从习惯记忆片段中选出一些每次都要提起的片段,而这些便成了纯粹记忆,例如父子亲情、作为本地矿工的自豪感。而这些纯粹记忆,会因其善与美而传递到游人的内心。

东交民巷之映像

后现代主义是一种思潮。代表人物主要有美国的理查德·罗蒂（1931—2007）、法国的雅克·德里达（1930—2004）和让-弗朗索瓦·利奥塔（1924—1998）。现代性的地理学研究过于强调整体性、中心性、同一性等思维方式，忽视人的主体性、感觉的丰富性。后现代主义地理学认为，一个文化景观的符号意义可能有无限多层面的解释。这种多元的、不断变化的解释具有积极的一面，即体现了人们在解读过程中具有人性反思、道德提升、美学创造的内在动力。

触景生情

　　东交民巷是北京老城33片历史文化保护区之一。它位于天安门广场东侧，中国国家博物馆南侧，是一条西起天安门广场东侧路，东至崇文门内大街的长胡同。北京的25片历史文化保护区多数都有鲜明的形象定位，例如，前门—大栅栏为北京老商业区，

东交民巷之映像

南锣鼓巷为老居住区，国子监为皇家寺庙区。而东交民巷却没有明确的形象定位或功能定位。于是，我与学生到东交民巷做了一次实地调查，目的是了解人们对东交民巷的形象定位。

调查方法之一是让学生用照相机的镜头，记录他们认为重要的景观。调查结束后收集起来的照片有两类：一类是建筑，一类是人物。建筑物照片包括清末的外国大使馆、领事馆，外国兵营，外国银行，邮局，教堂等。人物照片包括政府机构门前的哨兵、上访者和教堂里的信徒。有趣的是，沿街建筑中的公寓楼房、居委会、商店等未被摄入镜头，街头来来往往的行人、衣着鲜亮的环卫工人也未引起摄影人的注意。就建筑占地面积和人数的多少而言，被学生们摄入的对象都不占优，但不占优的建筑和人物却构成了这个历史街区在学生们眼中的映像。

调查方法之二是让学生访谈本地人和游客，让被访谈者在7个选项中选择东交民巷的形象定位或功能定位。7个选项分别为爱国主义教育基地、政府所在地、清代金融街、清代老使馆区、清代王府集中地区、元代大都码头商业区、历史事件发生地。结果，多数外地游客对紧邻天安门的东交民巷了解甚少，而本地人则了解较多。几乎每个选项都被人们选过，许多人还选择了多项。显然，东交民巷在人们头脑中的映像是多元的。

触景生情

调查方法之三是请北京历史专家方彪先生介绍东交民巷的历史。方先生从元代漕运码头的江米巷说起,再讲到明清的重要历史事件,尤其是《辛丑条约》签订后中国被帝国主义列强欺辱的历史,最后说到1946年的"沈崇事件"。听罢方先生讲述,我们走在冬日寒冷的东交民巷。历史的画面似乎一帧帧地闪现在街道上。

如何定位这个历史文化保护区的形象?我们调查的结果挑战了以往历史文化保护区单一且固化的形象定位思路。街区建筑的多数与少数、主体映像的多元与单一、保护对象的实体与抽象、街区历史的流动与永恒都是辩证的关系。作为一个历史文化保护区,东交民巷却给我们提供了一个"后现代"的鲜活案例。静心思考,我们也许更愿意接受这样的映像确立模式:赋予无生命的建筑以精神意涵。让多元主体的情感在空间中交汇,让历史空间的意义被不断深化,而不是给东交民巷贴上一个简单的形象标签。

志贺岛的地理位置

地缘是指在地球表面占据一定位置的地理实体的空间关系。这个实体可以是个人、企业、行政区、国家。由于这个词是从地缘政治学的中译文而来,所以常常指的是作为政治单元的国家之间的关系,如地缘经济关系、地缘文化关系。国际政治学、国际关系研究领域的学者也研究国家之间的关系,但是地理学在关系分析中加入了空间的变量。

触景生情

2015年暑期,日本福冈国际大学的海村唯一教授邀请中国文学地理学界的朋友到九州福冈县考察,我也有幸参加。考察线路上有三处景点——金印公园、蒙古壕和太宰府市的戒坛院,它们恰恰说明了志贺岛在中日地缘关系中的地理位置。

金印公园建在金印发掘地。1784年,志贺岛上的一位农夫在修挖田间水梁时,无意间挖出一枚边长2.3厘米、厚0.8厘米的金印。当时的黑田藩(今福冈市)藩儒龟井南溟在实地勘察的基础上,根据《后汉书·东夷列传》"建武中元二年(57)倭奴国奉贡朝贺,使人自称'大夫'……光武帝赐以印绶"的记载,确定这方金印便是东汉光武帝所赐的"汉委(倭)奴国王"印绶。20世纪,中国的云南、扬州等地陆续出土了几方金印,也旁证了龟井南溟的结论是正确的。2000多年前,日本由许多小国组成,只有奴国(位于今福冈市中央区那之津周围)国王最愿意建立与大汉的臣属关系。从地图上可以看到,在日本的四大岛屿中,最靠近大汉疆土的就是九州岛,而志贺岛和那之津位于九州岛的西北角,更靠近汉王朝的版图。

蒙古壕是埋葬元代蒙古将士的墓地。唐武宗灭佛后,中日之间的联系中断。到了元代,忽必烈意欲征服日本。志贺岛的地理位置是最有可能被元军选择的先期登陆地点。1274年和1281年,

志贺岛的地理位置

元军两度进攻日本，舰队选择的登陆地点就是九州北部。位于博多湾的志贺岛就是1274年"文水之役"的战场之一。元军这两次进攻日本均遭失败。一说是元军战船遭遇"神风"（台风）倾覆；二说是元军中的高丽军和蒙古军彼此协调不当；三说是元军战船为平底船，且粗制滥造，使得战船不敌风浪。

戒坛院，又称"西戒坛院"，创建于日本孝谦天皇天平胜宝五年（753）12月26日。它位于原太宰府都府楼东侧、观世音寺西南角，以历史上中日友好的使者鉴真和尚为开山之祖。戒坛院现存建筑物有山门、戒坛堂（本堂）、钟楼、地藏堂、书院、茶室等。我们透过戒坛堂的木质窗棂，看到了本尊木制卢舍那佛雕像。戒坛里还埋着大唐、印度、奈良的佛土。九州是鉴真东渡最早踏上的土地。753年，鉴真在九州南部鹿儿岛县的秋目浦（原名"秋妻屋浦"）上岸，后抵太宰府，创建戒坛院，翌年2月进入奈良。戒坛院植有一株鉴真从扬州大明寺带来的菩提树，这棵树已在此挺立了1260多年。听说，来到福冈访问的中国国家领导人大都会来此院参观。

历史上，中日两国之间凭借水上交通建立联系。而在这条航线的日本一端就是福冈。在历史上，它是中日政治关系、军事冲突、文化交流的重要地理节点。

耶拿的北京餐厅

区域认同有时也等同于地方认同。因为地理学者习惯上认为区域在形成级别上有高低之分,在面积上也有大小之分。这些统称为区域尺度差异。因此,人们的地方认同可以分解为不同尺度的区域认同,例如国家认同、社区认同。有时不同尺度的区域认同并不矛盾,而有时是矛盾的。

耶拿的北京餐厅

2016年2月，我到德国耶拿参加全球共识国际年（International Year of Global Understanding）的开年式。耶拿是一个大学城，耶拿大学是德国最古老的大学之一。借开会之前有半天的闲暇，我拿着地图在耶拿老城自导自游。路上，我遇见一位貌似中国人的小姑娘。询问得知，她是越南人，刚来耶拿大学哲学系攻读硕士一年。卡尔·马克思当年在柏林大学攻读博士学位，1841年3月通过了全部考试，并获得柏林大学的毕业证书。然而，他却选择耶拿大学申请博士学位。同年，在马克思本人缺席的情况下，耶拿大学授予他哲学博士学位。那位越南小姑娘可以说是来哲学圣殿读书的。

暮色降临，我决定找一家中餐馆，安慰自己的"中国胃"。用手机查到城市中心有一大型购物中心，其中有一家名为"Peking"的餐馆。我心里想着美味中餐，脚下的步伐轻盈起来。到餐馆后发现，这是个快餐店，有米饭、面条、馄饨等各种套餐。就餐的客人并不多，也许因为不是中午或周末。吃罢结账时与老板攀谈，问他是否来自北京，出乎意料的是，他和他老婆都是越南人。看上去，他们两口子的年纪有60多岁。我问他们是否曾为越南华侨，因为不能与他们用越南语或德语交流，也没有得到明确答案。

从他们的年纪以及他们与客人交流的德语水平推断，他们应该是20世纪70至80年代从越南来德国的劳工。第二次世界大

触景生情

战后德国分裂为德意志联邦共和国（俗称"西德"）和德意志民主共和国（俗称"东德"）。由于一些东德人逃往西德，导致东德人力资源匮乏。为了弥补劳动力缺口，东德政府以外劳的方式大量吸纳越南劳工。两德统一后，这些劳工获得了德国国籍。耶拿位于原东德，因此也有大量的越南裔德国人，越南裔德国人在德国的影响力正逐渐上升。2011年5月德国自民党选出新主席勒斯勒尔。这位1973年出生在越南的越南裔德国人以95%的高支持率当选。按理说，越南裔德国人为加强族裔认同，应该倾向于将自己的餐馆称为"西贡餐厅"或"越南餐厅"。

且看这家餐厅门面的大型广告图片。醒目的店名"Peking"印在旖旎的貌似桂林山水的风光照片之上。这个奇特的现象反映出店家复杂的区域认同。次日我跟与会的多国代表交流对此事的看法。他们多来自人口流动性很强的欧洲国家或者美国、澳大利亚这样的移民国家。他们自己也存在多元、多层次的国家认同。然而这家餐厅的情况有些特殊，老板以一个从未生活过的城市作为店名。显然是为了迎合更多的消费者。"Peking"较于"西贡"，或可代表更为多样化的中国饮食？这可能说明，中国因为地域辽阔，提供了更为丰富的文化整体形象，因此更容易吸引更多的消费者。而营销时的区域认同，未必是政治上的认同，更不是情感上的认同。

炎帝故里考

超有机体原指所有的生命体组合而成的超级有机体，但是19世纪赫伯特·斯宾塞（Herbert Spencer）认为，可以将社会作为一个超有机体来研究，它的特征是超出生物学和心理学解释的，是不与单独的生物体对应的社会特征。这个理论影响着20世纪的社会科学研究，文化学巨擘克虏伯也用这个概念解释社会文化。美国文化地理学家泽林斯基认为，美国社会的整体文化与每个族裔群体的文化是不一样的。

触景生情

2016年4月26日，我有幸参加了在湖北随州举办的"世界华人炎帝故里寻根节"。中国有许多地方祭拜炎帝，除随州外，还有陕西的宝鸡、湖南的炎陵、山西的高平等地。此外还有很多地名与神农有关，如湖北的神农架、神农谷、神农溪等。随州为什么被认为是炎帝神农故里？当地提出了哪些证据？

关于炎帝故里的位置，《帝王世纪》中有"炎帝神农氏，姜姓也。母曰任姒，有蟜氏之女，名登，为少典正妃，游于华山之阳，有神农首感登于常羊，生炎帝，人身牛首，长于姜水，因以氏焉"的记载。北魏《水经注·卷三十二》记载："水南有重山，即烈山也。山下有一穴，父老相传，云神农所生处也，故《礼》谓之烈山氏。"唐张守节《史记正义》引《括地志》云："厉山在随州随县北百里，山东有石穴。昔神农生于厉乡，所谓列山氏也。"唐代后期李吉甫编撰《元和郡县图志》，其卷二十一"山南道二"中有"随县，本汉旧县，属南阳郡，即随国城也，历代不改。厉山，亦名烈山，在县北一百里"的记载。北宋时的《元丰九域志》有"随州，神农庙，在厉乡村"的记载。清代章学诚主持编纂的《湖北通志》云："厉乡，在（随）州北，今名厉山店……有神农社。"根据这些记载，随州北部的厉山被认定为炎帝故里，此山也被称作"列山"或"烈山"，山前蜿蜒环抱的河流被附会为"姜水"。

炎帝故里庆典

触景生情

此外，早在北宋时，当地人就已为炎帝建庙祭祀了。

20世纪80年代，一位美籍华人寻获了一幅流落海外的炎帝像，他远渡重洋，要将这幅像赠送祖国。因为偶然的机缘，他选择将炎帝像安置在随州的厉山。为了祀奉炎帝像，当地人在厉山脚下建起若干纪念建筑场所，如"炎帝功德殿"和"炎帝神农烈山名胜区"等。区内不但有原来的炎帝神农洞，还新建了炎帝神农碑、炎帝神农纪念广场、炎帝神农纪念馆、炎帝神农牌坊等。许多海外华人回国寻根，至此祭奠，各级政府也多次在这里组织大型的华人寻根问祖活动，公祭炎帝。

现今，若要建立一个炎帝的祭拜场地，寻一处藏风得水的佳地，这样附会"厉山""姜水"之名比较容易，大规模投资纪念建筑也不难。只是人们很难找到更多的古代文献或考古成果作为选址论据了。如今，随州炎帝神农故里景区已成为海内外炎黄子孙寻根问祖的胜地之一。2002年，中华炎黄文化研究会为阻止遗产地之争，在《炎黄汇典》中权威性地确认：随州是炎帝神农故里，湖南炎陵是炎帝陵所在地，陕西宝鸡有炎帝祠，山西高平有炎帝神农遗迹。虽然这些地方的人们在具身性文化层面与炎帝没有直接关系，但是大家一起争抢炎帝故里之名，体现了"超有机体"的文化认同。

哈尼梯田的日常之美

表征与非表征是研究文化时要用到的概念。文化,常常被认为是一群人在较长的历史时段中共享的一套生活方式、组织方式、价值观、审美情趣。表征是指人们用符号形式将认知结果表达出来的内容。这样的知识便于人们接受,故而成为区域文化的清晰内容。非表征是指那些虽然存在于人们日常生活中,但是很难以符号化的形式表达出来的内容,多为具身的流动的。

触景生情

在哀牢山区居住着许多民族，哈尼族就是其中一个，他们以"梯田文化"而闻名。与那些在热带和亚热带三角洲平原上耕种稻谷的农业民族不同，哈尼人受崎岖山地所迫，把自己的稻田建在山上，围绕着这种梯田稻作农业的营建和运作，哈尼人创造出了别具一格的文化景观杰作。

哀牢山区没有平坦肥沃的冲积平原，但上天赐予这里丰沛的降水和温暖的气候，使得这里的水稻可以一年两熟。哈尼人为了让灌溉稻田的山泉终年不绝，摸索出涵养水源的经验——只有保护七分以上的山林，才能保证一分稻田的灌溉水源。他们修建绵延的水渠网络，从山间草木丛生的泉眼连到山坡上的层层梯田，在灌溉季节为每一片梯田注满甘泉，将万余公顷的山丘变成了绵延不绝的空中悬湖。从高处向下看，还未插上秧苗的稻田仿佛从天上跌落摔碎的镜子一般。由于人口增加，新村落不断出现，哈尼人又制定了户与户、村与村之间的分水制度，每村都有一个"分水官"，负责公平分配水源。

我作为"外人"，如何走进这种文化？这既容易，又困难。我试图用身体来感受，尽量不用阅读到的文字来指导观察。我发现哈尼文化是生动的，这种生动性是文化遗产保护的文本无法描述的。在村民房舍下面的牲畜栏边，村民听着猪儿不时发出的哼

哈尼梯田的日常之美

哼声，心中少了一份生活的担心，多了一份安宁，这是文化的生动性。收获季节，山坡上云雾缭绕，我站在田埂上却看不到山坡上的劳作者，只是隐隐地听到云雾间传来劳作的声音，那是村民将稻子抽打在脱谷木箱上的声音，砰砰声犹如舞蹈的节奏，沉甸甸、清脆脆，极富韵律。这种声音与固化为符号的民族音乐不同，但也是每年收获季节的声景（soundscape）。

在参观考察的途中，我远远望见一群妇女身着具有民族特色的"正装"在山路上行走，追上询问，得知她们刚从葬礼上回来。我们的对话非常简短，语言交流也存在障碍，但彼此充满热忱和友善，令人感受到一种哈尼文化独有的黏性。这种黏性让人联想起哈尼人的红米饭，它来自于绵延不断、无微不至的农田水利制度，来自于人与自然和谐共融的梯田文化。2013年，云南红河哈尼族彝族自治州的"红河哈尼梯田文化景观"被联合国教科文组织列入《世界文化遗产名录》。如世界遗产委员会所评价的那样，哈尼人"为梯田建立的弹性管理系统……体现出人与环境在视觉和生态上的高度和谐"。

段义孚的乡愁片段

现象学是指20世纪西方出现的一种哲学思潮。狭义的现象学就是指胡塞尔现象学。现象学的研究主旨是探究意识界各种经验类的"本质",这些本质是前逻辑的和前因果性的,只有通过现象学还原法可以抵达。

段义孚的乡愁片段

在"记得住乡愁"的规划中,我们希望能发掘出"乡"的确切模样。规划者的惯常做法是在实地调查那些依然留在村里的人,以及那些已离开乡村的新城市人,他们会告诉规划者留在他们脑海中的乡村美景。规划者再从中找到二者重合的要素,将之作为乡村景观保护的重点。然而按照"现象学"的思维,上述努力可能是徒劳的。规划者急于了解人们心中的"乡"为何物,殊不知这个答案会随时间变化。因为,人们获取所谓"现象",是在一个"思考—提取答案—再思考—再提取答案"的循环过程中完成的。但是,每一个循环都会产生一个新的答案。

2005年初夏,著名华裔地理学家段义孚回国讲演。再次踏上故土的他,在北京完成学术交流后,由他的同事、我的大学同窗朱阿兴一家陪伴,重游了天津、重庆这两处"故乡",而后沿长江乘船至上海。故地重游,使他对"家"有了新的理解,于是他基于当时每天的日记撰写了《回家记》。该书后来由我的学生志丞翻译,在上海译文出版社出版。书中有关中国的描述,与段义孚在其他著作中写到的中国相比较,增加了许多个人生活经历的记忆。显然,他的身体与处所的地方不断交会,使他心中"家乡"的概念不断丰富,不断变化。

段先生回美国前,我到上海与他告别。在海鸥饭店的大堂里,

触景生情

他讲了一段8岁时在重庆的记忆："一日阴雨绵绵，父亲牵着他的手，走在泥泞的路上，恰巧遇上一个送葬队，一只公鸡卧在棺材上面，神奇的是那只公鸡竟没有跳下或飞下……"关于这个故事，我一直不知所云。这些年反复咀嚼，大致悟出这样的道理：一来，以"现象学"的角度认识一个地方，会将之"悬隔"在相关理论之外，受到"学术"教育之前的关于故乡的印象，更接近真实存在；二来，"悬隔"的目的是为了超越（超越与出殡情境相关的"知识"，如巫术概念与棺材上的公鸡的关系、灵魂信仰与出殡的关系、社会组织与出殡人群的关系等），而追问自身在这一幕中的感受，才是认识家乡的目的；最后，城市中的故事虽对应特定空间，但段先生的意象活动却可以沿着时间轴回到过去，也可以延展到将来。"超越当下"的思考更具有人生价值。

也许有人不认同"心中的家乡可随时间变化"这一说法，毕竟关于家乡的一些记忆依然鲜活。但是对于另一种说法我们或许会有同感：当唤起乡愁中的记忆，我们会将往昔放在当下来思考。"当下"是一个坐标系，与"当下"相隔越久远，回忆越有味道。如果能够超越原来我们赋予"乡"的意义，并赋予"乡"新的意义，那么这种超越则更为积极。

可邑的前台与后台

悬隔是胡塞尔现象学的一个概念。若要理解它，先要了解胡塞尔现象学的主张，即不停地追问世界构造的方法论基础为何。教育和教化往往给予我们一些认识世界的方法和途径，因此，许多时候我们会囿于这种方法和途径，无法看到世界的本真，因此认识的主体要将自己"悬隔"在这些已有的认识框架和方法之外，从而了解生活世界的本原。

触景生情

可邑是一个旅游村寨，位于云南省红河哈尼族彝族自治州弥勒市北部。在彝族阿细支系的语言中，"可邑"意为"吉祥之地"。当地绝大多数的人口都是彝族人，旅游者到那里，多是为了体验纯正的彝族风情。据说可邑是彝族歌舞《阿细跳月》的发祥地之一。许多关于可邑的新闻照片都是寨门迎客的活动，而《阿细跳月》就是这个活动的核心环节。村民们穿起盛装，弹起大三弦，吹起长号，耍起狮子，舞起刀叉，唱起彝歌。在热烈的气氛中，游客们也和着音乐的节奏，情不自禁地拍起巴掌，甚至加入舞蹈的行列。

人类学者麦坎内尔（MacCannell）指出，在人性"异化"的当下，人们可以在旅游中看到真正的生活，以抵抗异化。每个来到可邑的游客都会抱有这样的动机。然而我下意识地想，可邑人原汁原味的生活未必是每日举行盛装歌舞的迎宾活动，他们的真实生活到底是什么样子？按照戈夫曼的"前后台理论"来思考，人们在前台是为了生计，更像是表演，在后台的生活则更加自由本真。如果我们将寨门迎宾活动当作前台的表演，那么我们进入寨子就算是走入了后台？就可以看到本真生活了吗？

进入可邑的新寨门后，我发现在可邑的寨子里，前台和后台的生活是混合在一起的。可邑的农舍高低错落，分布在密支山的

可邑的前台与后台

一个小盆地中,黄墙黛瓦的农舍被墨绿色的森林环绕掩映着,构成一幅美丽的图景。寨中的街上人不多,几只鸡在路边觅食,一派宁静祥和。这些似乎就是可邑后台的生活。然而前台的活动也是无处不在——村民们利用自家房屋开办的客栈、餐厅生意兴隆,马云的电商广告贴在一面最显眼的农舍外墙上,据说当地政府已经与多家电商企业联手,要将可邑打造为中国最美"淘宝村"。在这里,居住和生活的地方也是从事商业经营的场所。

转念一想,"前后台理论"或许并不是寻找本真生活的理论。可邑人从农民转而成为旅游业、餐饮业和电商业的从业者,生产方式发生了改变,生活节奏也发生了变化,但可邑人仍然生活在他们的寨子里,他们对美好生活的不懈追求始终没有发生改变,这便是生活的本真!只是游客心目中彝族的本真生活与他们所看到的不一样罢了。放弃先入为主的想象,我们在后台依然可以体会到可邑人的生活之美。

九龙寨城

　　另类地理学是后现代地理学的产物，与批判地理学有密切的关系。它强调在地理学认识方法、表述方法上的突破或"另类"，而非仅仅限于研究对象的"另类"。下面的例子表面上是讨论城市景观中的另类，但实际上要说，只有在认识论上跳出地租理论，才能真正理解另类景观出现的根源。

九龙寨城

我在参加香港浸会大学承办的"另类地理学"国际会议时，每天要从下榻的酒店步行到浸会大学的会场。路上，我要经过九龙寨城公园。这个公园就是一个"另类"的地方。站在这里四下望去，周边的建筑是带有英国殖民色彩的，而九龙寨城公园却是典型的中国江南风格园林，园内亭榭楼阁、曲径回廊。

会议第三天下午，我趁茶歇之机溜出会场，独自来到了九龙寨城公园。园内保留着清代的衙门等建筑，还有新建的"八景"。衙门外的回廊里，正展出一组历史照片，它们将我带入九龙寨城的历史中。时间回溯到宋代，这里是帝国的海防前哨，主要职能是保护官盐运输。在后续的数百年中，寨城的军事功能和规模都没有什么变化。但是当1842年《南京条约》将香港岛割让给英国后，清政府就决定加固这个军事要塞，以观察英国人的动向。1898年，英国向清朝租借九龙以北领土时，双方商定清政府可以继续控制九龙寨城。自那时起，这里就成为一块"另类"之地。

清灭亡后，九龙寨城为英国殖民者接管。第二次世界大战期间，日本人占领香港，将寨墙拆掉，大量贫民涌入寨城。抗战胜利后，寨城的居民成功抵制了港英当局的接管，又接纳了来自内地的许多难民。1950年，一场大火将这里原有的简陋木板房烧毁。之后，在废墟之上，人们建起了密集的楼房。到1989年时，在这

触景生情

块面积仅2.7公顷的楼群中竟居住着3.3万人。由于管理缺失，造成无政府状态，九龙寨城成为香港的死角，是一个拥挤、脏乱、无法无天的另类城市，数万城市边缘贫民蜗居在这蚁穴般的楼宇中，很少受到关注。1994年，在动用了巨大的人力物力之后，九龙寨城被拆除，并改造为公园。但是与周围的现代和英式景观相比，这个公园仍是一种"另类"的样貌。

在日本著名漫画家岩明均的作品《历史之眼》中，主人公尤米尼斯是亚历山大大帝的书记官，他记录了亚历山大时代爱琴海周边地区的历史，却从没有记录过自己，因此后来的人们无法了解他在历史中的作为。而岩明均用"历史之眼"的目光，以及漫画的形式，将尤米尼斯"塞"进了那段波澜壮阔的历史中，他就是一个有另类视角的"另类"。九龙寨城就像《历史之眼》中的尤米尼斯一样，在不同的历史时期，它都以另类的状态存在。而一代一代人会在香港历史的文脉中，补充之前没有记录下来的另类故事。漫画《九龙寨城》以及诸多模仿九龙寨城设计的超现实电影场景和游戏场景，也是以另类表达，揭示真实的世界。另类的空间可以激发另类的思维，其中或许会有对人性的新发现和新思考。在许多向往自由的人们眼中，九龙寨城曾是未来世界的写照，被赋予高度浪漫化和未来化的色彩，最终成为一座享誉四海的"化外之地"。

老达保的音乐活力

　　地方和地方性是两个不同的概念。前者指人们对一个区域或空间的具有主体性的解释,后者指这种解释具有的空间特殊性。由于文化地理学是研究地球上非均质的地表对于人的意义,因此要研究两者。一个地方是在与其他地方互动中形成的地方性,没有与其他地方的文化交流,地方文化是没有生命力的。

老达保的音乐活力

在一次云南"旅游扶贫"调查中,我与其他同行者有幸来到了以民间音乐闻名的澜沧拉祜族自治县(简称"澜沧县")老达保村,这是一个自然村,村民大多数是拉祜族。老达保音乐主要有三种类型:拉祜民歌、《国家级非物质文化遗产保护名录》中的《牡帕密帕》和教堂音乐。

我们那天早上还未走进村子,就能听到田里传来悠扬的歌声,走近才知是母女二人在合唱拉祜民歌,在优美的和声中,访客们放慢了进入村寨的脚步。进入村寨后,一位会说普通话的小伙子带我们到《牡帕密帕》的传承人家里。《牡帕密帕》是拉祜族民间流传最广的一部长篇诗体创世神话。澜沧县共有民族民间传统文化传承人6人,包括国家级2人、省级2人,而这家的兄弟俩都是国家级"非遗"传承人。年迈的兄长见到我们,便将国家级"非遗"传承人的绶带戴上。他的弟弟则给我们吟唱了不同时期史诗的曲调,展现了史诗随着时代变迁不断进步的音乐形式。接着,主人递上一本厚厚的《牡帕密帕》,将这部史诗的故事娓娓道来。当听到主人说"唱史诗的人必须背下整本史诗"时,大家无不赞叹。

下午,村民为客人表演的节目开始了,这是村民自发组织成立的"老达保快乐拉祜演艺有限公司"的一套节目。身着艳丽民族服装的村民边唱边跳,留守的孩子们也一起参加表演。晚上八

触景生情

点,我们来到村里的教堂,在幽暗的灯光中,牧师首先组织大家合唱圣歌,虔诚的信徒递给我们很厚的歌本,歌本上的曲谱为简谱,歌词为拉祜文,圣歌有较为丰富的和声,曲调优美。

当夜,我们赶回住地。一路上,大家一遍一遍地合唱刚学会的歌曲——《快乐拉祜》。仅一天的音乐熏陶,就让我们喜欢上了老达保音乐。那么,这个村子的音乐禀赋和感染力到底来源于何处,是什么原因使得老达保的音乐可以成为民族艺术奇葩,从而登上中央电视台的多档音乐节目?

影响老达保音乐发展的因素是多元的。首先,拉祜族人民长于歌舞,在这个世外桃源般的小村寨中,音乐与舞蹈早已成为一种表达与沟通的重要方式,这是偏僻的山地环境造就的特殊人文现象,无须矫揉造作的炫技,只需即兴成曲。其次,随着与外界联系的日益密切,多声部、唱诗、民俗音乐、流行音乐等现代音乐的各种元素也渗透到拉祜音乐文化中,例如,在教堂合唱团里,我们就曾见到戴着"非遗"传承人绶带的老者,现代音乐元素通过许多类似这样的途径渗入并影响着老达保的音乐文化,塑造着老传统的新形态。更有趣的发现是,一位弹吉他的女子告诉我们,她是嫁到这个村子的缅甸新娘,这村里好多女子是从她这里学会了弹吉他。在这种与外界文化的交流中,我们看到了拉祜人的包容悦纳与从容坚守。

燕京八景

符号学被索绪尔创立以来,其定义有许多。尽管持各种观点的学者争论不休,但是大家对符号包括什么基本元素有大致的共识。能指和所指的固定组合,有利于人们理解文化、传递文化。由于意义存在多种解释,所以能指和所指的关系就成为文化研究的内容。文化地理学研究内容之一就是景观形式与景观意义的关系。中国人对景观赋意,有深厚的历史传统。

触景生情

"八景"是中国古代景观文化的瑰宝,常见于宋元以来的古代志书中,往往指一个区域内的八个景致绝伦、内涵深厚的著名景观。此外也有一些地区有"十景""十三景""二十四景""四十八景""七十二景"。这里"八景"泛指这类景观组合。"八景"的题材常为山陵、陂泽、溪渡、古迹、园林、殿宇、塔刹、楼阁等,内容形式多为四字的短语,短语的前两字点出地名所在,后两字描述景观特点,并赋予一定的含义。"八景"背后有一套中国景观文化理念体系,它指导着景观的命名、赋意、空间选点布局等方面的景观构建活动。

以燕京八景为例,"燕京八景"又称"燕山八景"或"燕台八景"等,得名于金章宗明昌年间。清乾隆十六年(1751)钦定的燕京八景为我们所熟知,即太液秋风、琼岛春阴、金台夕照、蓟门烟树、西山晴雪、玉泉趵突、卢沟晓月、居庸叠翠。其中对于"八景"还有些不成文的规矩是:除以四字命名景观,并点明地点外,还以"名人"诗文作为景观意境赋意;景观分布在当地的四方,以示地方的领域范围,而非集中一处。如此"八景"中,北以居庸关扼军事咽喉,南以卢沟桥守交通要津。

对于多数中国人而言,能说出故宫、长城等世界文化遗产的建筑工巧及美学特征并非难事,但对于"八景"背后的文化理念

燕京八景

和诗情画意,人们就知之甚少了。因为承载"八景"的自然的、物质的实体要素,与其背后的文化关联并非一个简单的符号。认识汉字"山",就知道它是指自然界高耸崎岖的地表形态,汉字"山"和自然界的山构成了一个符号关联。然而,当说到某地"八景"的名称,很多人即便是看了照片,也不能联想到它具体所指何物。也有人认为"八景"是一个建立"名"与"物"关联的文化学习过程。实际上,"八景"的审美并非这么简单。

以"八景"的名称作为符号核心,一面关联着地理景观,另一面关联着诗文绘画的深邃意境。置身"八景"所在地,会直接领会物象之美,但要领会古代诗文和绘画中的意境则是一个复杂的感知和学习过程。以"居庸叠翠"为例,描写其意境的诗文有两类,一类是描摹自然景观之特色,另一类是借景抒发志向。明代内阁大学士胡广在描写"居庸叠翠"的诗中,引用了秦始皇平定六国后巡视天下,并勒石纪功的典故,将明长城居庸关的意义上升到大国一统的高度。如果知道这双重含义,那么站在居庸关上,人们既可领略层峦叠翠的自然之美,又可心怀江山和天下的大任。

阅读的地理坐标

想象地理是新文化地理学的一个分支。它缘起于人们对神话空间、文学空间的研究,后拓展到人们对地理知识的建构。人类若缺乏想象,就没有科学的进步。地理学的进步也离不开想象。这种想象是基于人类生活经验的,因此也不是彻底反唯物主义的。

阅读的地理坐标

　　文学空间似乎可以想象或创造一个并不存在的空间，这种想象是人们打开思维的限制、自由思想的基础条件。但是生活在真实空间中的人们在接受想象空间时，会受到真实空间中事物关联的影响。

　　在阅读小说或其他类型的文学作品时，读者往往会在潜意识中将文中虚构的内容安置在真实的世界中。这种阅读习惯是心理学的一种表现。而如果没能将故事内容安放在真实世界的地理坐标系中，人们就会出现心理上的空间混乱，从而影响对文学作品的反身性理解。

　　许多电视剧在2017年暑期热播，其中《夏至未至》中的地名就引来争议。其原著作者郭敬明在作品中虚构了一系列地名，其中被提到最多的便是"浅川"，其次是"室县"。浅川是剧中几位主人公相识相知的城市，他们在浅川一中就读的三年，被认为是人生最美好的岁月。室县是第一女主角立夏与第二女主角程七七的户籍所在地。她们从室县考入了浅川一中。若从我国中考招生的规定来看，浅川与室县应同属一个省份。室县应是一个县级市或县城，而浅川则应该是地级市或省城。从电视剧呈现的城市规模和文化生活的丰富度来看，浅川应该不是省城。同时，电视剧还提到了许多真实的地名，如剧中男主人公傅小司和女主人公立

触景生情

夏考取了上海美术学院。接下来的问题是，浅川、室县所在的省份离上海远么？也许有人说，小说的读者或电视剧的观众并不在意这些地名之间的空间关系。实情真的是这样吗？

当虚构地名无法与真实世界对应起来时，许多读者和观众就开始抱怨原著作者郭敬明地理知识的欠缺。他们提出了许多虚构地名与真实世界矛盾的地方。问题一：浅川是北方城市么？立夏、陆之昂陪傅小司到上海美术学院考试时，立夏被酒店的蟑螂吓得大叫："南方的蟑螂真大！"显然，作者暗指浅川所在的省份是北方省份。但是在作品中又反复提到，香樟树是浅川最重要的行道树和绿化树种。几位主人公离开浅川在外求学和工作时，每每想到浅川，就想到香樟树。而香樟树是中国南方许多城市的绿化树种，在长江中下游城市最为普遍。问题二：浅川和室县位于长江中游还是下游？剧中立夏和程七七于假期回到室县，室县的街景是小桥流水，一派江南城镇风貌，那么浅川和室县应该在苏浙水乡。但是故事中另外的细节似乎却将浅川定位在四川省，傅小司的父亲在离浅川不远的中国航空工业研究基地任总工程师，他优渥的薪水可以购买富人区的别墅，使傅小司的母亲可以不必工作。显然这个航空工业中心不是一般的航空工业配件生产的小中心，还兼有高端研发实验的功能。中国高端航空工业研发生产中心多

阅读的地理坐标

在北京、上海和沈阳、西安等直辖市或省会,而非省会城市的只有四川省的绵阳市。

事实上,将文学作品中的故事情节安置在真实世界的空间中,这是中外文学创作的一个不成文的规矩。例如《四世同堂》中的北京,《飘》中的佐治亚州、奥古斯塔、萨凡纳和查尔斯顿等。读者若要接受郭敬明的这种新手法,将真实世界各地的景观叠放在一个虚构的地点上,真是要有相当强的后现代空间想象力呢。

"围"的地名

人地关系空间格局是指人与自然相互作用的空间形式。许多学科都研究人地关系，例如生态学、环境学、建筑学等，但是地理学更关注人地关系的空间形式，以及这种空间形式的演变过程。如果说人文地理学分析是将空间作为自变量，那么其中一种分析的思路就是，分析前一个时期的人地关系空间格局，对后一个时期的人地关系空间格局的影响。

"围"的地名

地名是重要的文化景观之一。有一类地名景观可以展现当地的人地关系。2017年国庆节,我与家人自驾去广州长隆飞鸟乐园的途中,经过一段公路,发现它建在"围"上。"围"是珠三角地区非常典型的地名,所谓"围",指的是人们在江湖岸边修建的带状水利设施,形如堤坝。"围"的修建,一为防水患,二是排水为陆。我们途经的那段"围"与河流平行,"围"内侧的农田地势低洼,有的地方甚至低于江面。如今广州城郊的旅游业拓展到此地,许多旅游开发公司将这里一部分低洼地开辟为湖泊,围绕着湖泊又修建起野生动物世界和飞鸟乐园。

历史上,珠江三角洲的很多地方都不是陆地。古人以珠江入海口的许多岛屿为基础,在外围修建一圈围堤,海水涨潮时,江水被顶回,同时将河床的泥沙卷入围堤,日复一日,年复一年,堤围内的泥沙就会高出江面,形成陆地,人们再将之辟为良田,继而再往外修一圈更大的围堤,陆地面积再逐渐扩大。如此反复,也增加了珠三角地区土地的人口承载力。再仔细观察,还可以发现在我们经过的这段公路的内侧,还有其他几条平行的公路,它们亦建在"围"上。

"围"理应是一个线状地名,但有时又被人们看作是面状地名或点状地名。以南海桑园围为例,《东溪文后集》卷十二记载,(西

触景生情

北二江经广州入海)"滨河民筑围堤自卫。南海桑园围九千五百余丈,险要石工一百五十七丈,里民岁修数决"。但是在《清实录》中《穆宗实录》卷一百四十二中却这样描述:"桑园围为粤省粮命最大之区",意思是说这围堤形成的地区是该省上缴粮税最多的地区。又如,清光绪《广州府志》卷六十九《江防》记:(桑园围)"包络西樵山,东西基形如箕,西、北两江左右环绕,北为箕腹,东南为箕口。最北界三水县飞鹅山,自山而东丘阜数十……其障西边江潦者名西围,自南海、三水交界马蹄围起,至顺德县甘竹堡、甘竹滩、牛山止。障东边江潦者名东围,自吉赞横基旁仙莱乡起,至顺德县龙江堡河澎围尾止。"番禺区的"九围""草围""联围"等地名,也是指村落的范围。如今我们在广州还可以看到许多含"围"的地名,人们便是将之作为空间点,例如"万胜围"是火车站名,而不是一片地区或道路的名字。

每个地名都是由专名和通名组成的,如"草围"中的"草"是专名,"围"是通名;"长洲岛"中的"长洲"是专名,"岛"是通名。据此,我们在保护珠三角地区传统地名时,如果首先将"围"用作区域(面状)的通名部,其次将之作为道路等线状地物的通名,那么就更有利于人们体会当地人地关系。

伊比利亚土酿葡萄酒

地理学研究的对象是复杂的,科学主义的地理学致力于解开这种空间复杂性,并用许多数学模型分析展现复杂性,其实真正的科学主义地理学,更想知道空间复杂性背后的机制。经济地理学从影响经济个体收益、成本的"区位因素",解释企业空间选择和消费空间选择,但是人之复杂性,尤其文化因素的复杂性,使得我们尚不能充分理解经济活动空间机制。

触景生情

世界许多地方都有自己的酒文化,酒文化是当地文化遗产。有两位文化地理学家,一位来自葡萄牙里斯本大学,一位来自西班牙拉科鲁尼亚大学。他们对自己国家的葡萄酒产地都有深入的研究,一日他们忽然生出了一个想法,到对方的研究地做一个交叉调查。他们选择了两个调查地,一处位于葡萄牙南部的阿连特茹(Alentejo),那里为低纬度山区,山上气温日较差比较大,加之气候相对干旱,形成了独特的葡萄品质,用此地葡萄酿制的葡萄酒,色香味中融入了这些自然地理特征。另一处位于西班牙西北部的加利西亚(Galicia),那里的人们自古罗马时期就开始酿造葡萄酒,当地的气候使葡萄成熟较为缓慢,从而保证了葡萄的酸度,使得酿制的葡萄酒强劲坚实、高雅多香。

在阿连特茹,学者看到许多促进土法酿制葡萄酒文化遗产传承的措施。政府大力鼓励,市面上的土酿葡萄酒价钱公道,出售土酿葡萄酒的商店或酒吧分布在显眼的位置,土酿葡萄酒的商标上,醒目地印着土酿葡萄酒的特色元素,即酿酒和存酒的容器——陶罐,这与人们熟悉的用橡木桶储存葡萄酒的方式截然不同。为了扩大生产,还引入了工业化的手段。然而事与愿违,这里土酿葡萄酒日益衰落,在酒吧和土酿酒作坊里品土酿葡萄酒的,多是上了年纪的人。

伊比利亚土酿葡萄酒

在加利西亚，情况恰恰相反。因为多种原因，土酿葡萄酒是违法的。人们私下里买到的土酿葡萄酒价格奇高，销售者为了逃避处罚，不停变换着土酿葡萄酒的销售地点，只有当地人才可以凭借小巷住户门上插着的月桂树枝，判断哪家正出售土酿葡萄酒。当地艺术家和流行的文化都抵制这种土酿葡萄酒。与阿连特茹唯一相同的是，这里土酿葡萄酒的商标也印有陶罐。然而，这种土酿葡萄酒文化却神奇般地保留下来，不愁无人继承。

两个人调查后一起发表了文章，探究了影响当地酿酒文化传承的原因是什么。他们原以为，自己的研究经验可以准确判断出影响因素。依据经验，法律、产品营销（价格和商标）、企业布局、与现代化酿酒技术结合等都可能是影响土法酿酒文化传承的因素。但是两个研究案例证明，每一个因素都不能充分地解释为何一个地方看似有不利条件，但是土法酿酒文化却可以传承。面对这样的困惑，他们的结论是，还需要继续深入调查土法酿酒文化的真谛，发现更真实的地方文化传承机制。文化地理学研究者坐在家里是得不到答案的，田野工作尤为重要。学者只有放弃先入为主的认识框架，才能找到每个地方酒文化的精髓。

东山村里的庙

文本间性又称"文间性""互文性"或"文本互涉",由朱莉娅·克里斯蒂娃在1969年出版的《符号学》一书中首先提出。这个术语指出一种普遍存在的文化现象,即人们引用他人的"文本",从来都不可能是单纯的、直接的,而总是按照某种方式对"文本"进行改造、扭曲、错位、浓缩、编辑等,以适合讲话主体的知识体系。文化景观可以作为一种"文本",景观物质形态所体现的意义为何?

东山村里的庙

北京师范大学在东山的人文地理学综合实习基地已经有30多年历史，但是对苏州吴中区东山镇各村里的庙，研究并不深。每次短暂的4天调查，学生们选择的宗教景观不是元代的轩辕宫，就是唐代的紫金庵，因为二者名气很大。然而真正深入东山人心的，是遍布各村的猛将庙。猛将庙在各村有不太一样的名字，如猛将堂、猛将庙、刘公堂、上天王宫、中天王宫等。2000年后东山各村陆续复建在20世纪50到60年代被破坏的猛将庙，据说到2011年复建了48处，比原来自然村的数量还多，可见猛将庙在民众中的生命力。

我最早了解猛将庙是在1984年，那年生活·读书·新知三联书店的王焱老师找到我，为陈正祥先生的《中国文化地理》写书评。陈先生的书中有一章专门介绍中国的虫神庙分布，他的团队从3000多种方志中搜集虫神庙的资料，绘制了中国虫神庙的分布图。在各类虫神庙中，刘猛将军庙为其一。关于刘猛将军为何被封为虫神，有若干版本。书本上读来的知识在我头脑中形成了"刻板印象"。刻板印象的积极作用是利于人们迅速将知识与现实对应起来，消极作用是抑制了人们认识世界多样性和复杂性的可能。

十几年前我带学生考察镇上老街，诸公井边有一座猛将庙，

触景生情

其进深和面阔各约3米，内奉泥塑猛将军坐像。在刻板印象的驱使下，我当时告诉学生，东山是花果之乡、碧螺春之乡，由于虫患危害果木茶树，故当地人们供奉"猛将"，趋避虫害。东山的栽培业面对的害虫种类繁多，因此虫神就更为重要。当时，同事和学生似乎都接受了这个"人地关系"的知识逻辑，之后我也没有深究此现象。

一次环岛考察，路过杨湾村的上天王宫，访谈村民后，我彻底改变了对猛将庙的刻板印象。访谈得知，农历各月十五，有村民因不同原因，来上天王宫求猛将神赐福。东山镇最热闹的传统民俗活动是猛将会。大年初一到初三，各村便开始将庙中猛将神像请出，抬之巡游。民间传说该活动兴于明代，一次倭寇云集太湖，欲掠东山，东山人想出办法，把猛将神抬出，以神驱盗。巡游队伍前呼后拥，锣鼓喧天，倭寇远远闻之，误认为官兵大部队已抵东山，遂放弃进攻。村民供奉猛将，目的是求固国安邦、风调雨顺。而我仅把猛将神定义为虫神，就太委屈他了。东山镇后山一处猛将堂里，神像前有一供案，案围红布，上绣"佛光普照"，同行的学生质疑猛将与佛教的关系，其实这也是刻板印象作祟。自古以来，村里的老百姓一直会巧用宗教分类，维持信仰的延续。

塞皮克河流域考察

　　文化地理学研究的基本问题是从文化的角度，解释地理学研究的基本问题，即空间、区域、地方是如何影响其他事物的。区域由一系列空间指标来表述，而不同主体因为目的或立场、知识结构、认识水平等方面差异，表述出来的区域内容是不一样的，这种带有主体性的区域知识就是地方。

塞皮克河流域考察

索尔是文化地理学的创始人,他年轻时曾撰文介绍德国人对新几内亚岛塞皮克河流域的两次考察。这里我们将索尔文章中的要点摘出,目的是唤起我们田野调查的创新思考。德国人的第一次考察是在1912—1913年,第二次是在1915年。他们在考察报告中,将这个考察区域记录为凯瑟琳·奥古斯塔河流域,这显然是德国殖民者对塞皮克河的命名。新几内亚独立后,当地人恢复使用原来的河名,这使得我查阅地图时遇到了小小的困难。参加这两次考察的学者包括植物学家、动物学家、人类学家和地理学家各1人,此外还有4名德国官员、若干当地向导、50名当地的士兵。值得一提的是,还有11名中国船工,他们为考察队开船。这两次考察由德国殖民办公室、皇家博物馆和德国殖民协会筹资组织。看来第一次世界大战对德国海外考察影响并不大。这次考察目的是调查哪里适合开辟热带种植园。

地理学家伯曼勾勒出那里的自然地理格局。新几内亚岛是一个大陆岛,中央山脉横亘其上。塞皮克河发源于中央山脉东段,而后注入新几内亚岛东北边的俾斯麦海,这个海域的名字显然带有德国殖民的痕迹。塞皮克河全长1126千米,最大支流为波特河。该河下游河段位于一个低平的沿海低地平原,入海河口有近2千米宽,下游地区沼泽、潟湖密布,这些潟湖多是河流在低地上

触景生情

摆动形成的。下游的地形不适合建立聚落,因此人烟稀少。机动船溯流而上,可达距离河口480千米纵深的地方。塞皮克河上机动船的通航距离至少有900千米,其中许多航段是在支流上。考察队主要的探险路线是沿着这条河流,他们将大本营建在马鲁附近,距离河口约400千米。虽然这里是赤道多雨气候区,但是也有雨季和旱季之分。5月至10月为旱季,11月到第二年4月为雨季。伯曼在马鲁建立了气象站。雨季河道水深,河面宽。调查队选择在雨季和旱季时分别开展调查,目的是记录哪处河段两岸不被河水淹没的地带比较宽。

植物学家勒德尔曼、动物学家伯吉尔斯记录了那里的生物环境。沿海的潟湖地区有许多鱼类,沼泽草地蚊虫肆虐,穿过下游低平原后,河的两岸生长着芦苇和野甘蔗,从河流两岸延伸到山坡,生长着茂密的热带雨林,雨林的边缘地带生长着面包树。

人类学家罗塞克发现,当地人选在地势较高的地方建立聚落,那些住在下游、离河岸不远的部落,熟练掌握制陶技术,并以商业为生,而其他的部落主要靠采集为生。在上游地区的当地人甚至没有见到过白人和铁质用具。考察队粗略统计了调查地区的人口,当时不超过2.7万人。那里部落规模小、数量多,彼此之间是无人居住的缓冲带。

塞皮克河流域考察

  这些调查貌似记录下客观的地理知识，但是却是殖民者视角的地理知识，而非当地人从自己生活中获得的地理知识。100多年后的今天，我们如果再到那里考察，除了技术手段先进外，考察的内容维度和思维维度会有哪些创新？

赤坎古镇地理

　　地理学研究对象可以概括为"一纵一横"。在此基础上，我尝试着提出"四层一体"，以丰富"一纵"的研究视角。所谓的四层是指自然圈层、生计圈层、制度圈层、意识形态圈层。在自然圈层之上是人类活动的三圈层。地理学研究一个区域，首先是了解一个区域内部各个圈层之间的要素关系，进而理解区域的整体性。而后再将这样一个区域放在"一横"之中考虑。

赤坎古镇地理

提到广东开平，许多人马上想到开平的碉楼，因为这些碉楼被联合国教科文组织列入《世界文化遗产名录》。然而许多外地人并不知道开平的赤坎古镇，历史上它曾是开平县政府所在地。后来开平的治所才迁到三埠镇，即现开平市区。2018年5月，我随人类学家的考察团来到赤坎古镇。地理学者到一个地方，首先要考察人地关系的四层一体。

第一层是自然圈。所谓赤坎，顾名思义就是这里有个红色的高地。潭江自西向东穿镇而过，在水路运输的时代，赤坎镇是潭江沿岸重要的集散市镇，由赤坎再向上游，大船行走不便，因此赤坎镇就成为水路和陆路的交通连接点。

第二层是生计圈。清末广东沿海与外界联系加强，赤坎镇交通要冲的性质更为凸显。20世纪20至30年代大量归侨回到赤坎，沿潭江修筑了中西合璧的建筑，开始经商。尽管当时两岸均有农田和房舍，但是这些商人选择潭江左岸修建商铺、银铺、库房等。这主要是因为左岸船舶停靠的条件比右岸好。在生计圈层中，我们可以看到人们顺应自然的智慧。

第三层是制度圈。当地人都知道，赤坎镇在民国时期主要由两个大姓家族组织地方社会，一为司徒氏，位于右岸；一为关氏，位于左岸。当地人不说左岸右岸，那是地理学者按照河流流

触景生情

向划分的。当地人有自己的表述。赤坎博物馆馆长张健文老师介绍，民国时期当地人的说法是：上街为关家，东街为司徒家。现在当地人以跨越潭江的下埠桥作为分界。上埠为关家，下埠为司徒家。这两个家族在当地争做善举。因此在生计圈层中，我们可以看到两家兴建的公益性建筑。比如司徒氏通俗图书馆和关族图书馆、司徒氏的中华基督教长老会赤坎礼拜堂和关氏的中华基督教堂循道会礼拜、司徒氏的开平县立中学科和关氏的侨联中学、司徒氏的《教伦月报》社和关氏的《光裕月刊》社。

第四层是意识形态圈。民国《开平县志》有记载当地人开拓事迹。司徒氏多出文化名人，关氏善于经商，勇于开拓。两种文化相互碰撞，形成赤坎镇独特的民风。当地的建筑体现了赤坎人兼容并包容的审美观。在沿街的老建筑上，人们既可以看到广东流行的骑楼形式，也能看到罗马柱、圆拱形门窗，以及建筑构件上的欧式雕花。民国时，潭江已通火轮，许多建材就是经香港从国外转运而来的。

如果不从这四个圈层的关联看赤坎古镇的人文景观，我们就会忽视沿岸建筑选址体现了人们巧用地形的智慧，也会忽视两大家族的兴旺是依靠当地对外联系的地理网络，忽视当地本土与西洋建筑美学的混合是与交通地理基础有关。而今赤坎古镇正在改建，我们依然希望看到赤坎镇改建方案中，孕育着地理的道理。

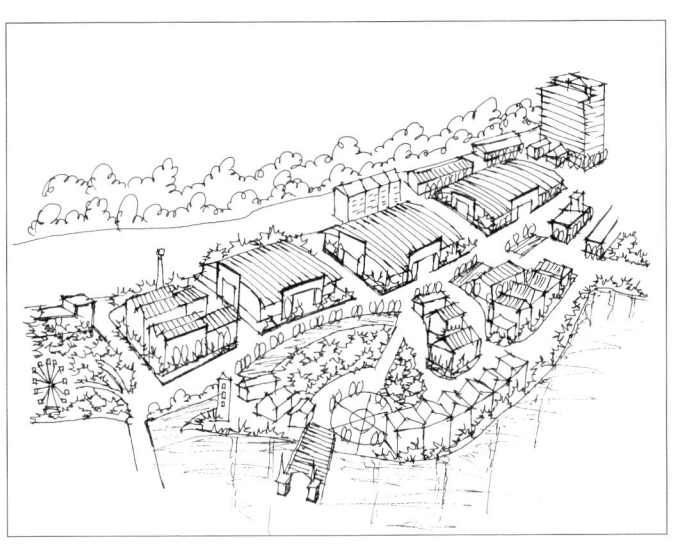

城市色彩的意义

如今地理信息系统和遥感技术大大提升了地理学的科学地位,例如用遥感手段了解土地利用,用地理信息系统制作精美的地图。但是人文地理现象背后的机制很难用遥感手段或地理信息系统眼动仪等技术手段发掘,它们也无法回答人类世界的空间安置应该向哪个方向发展。

城市色彩的意义

说到城市的色彩，有的人会想到城市五彩缤纷的生活，许多成语都与城市色彩有关，如灯红酒绿、光怪陆离等。我们这里说的城市色彩分解为两个方面，一方面是人们眼睛看到的颜色，另一方面是人们对颜色意义的联想，即由色彩联想到的概念、知觉、判断或想象等。30多年前，我参加一次大学野外地质实习，队伍从山上的营地出发，中午发现在山里迷了路，傍晚在山脚找到了方向。夜色中，大家开始往山上营地的方向爬，半夜时分，队伍前后已经差出10里有余。我所在的小分队大约位于中间，当我和同伴远远看到半山公路上汽车移动的点点光亮时，激动得大喊起来：我们快到营地了。那移动着的点点黄色，带给我们的联想就是人烟，就是营地所在的小镇！

2017年北京市新的城市总体规划（2016—2035）得到国务院等部门批复。规划目标是突显北京城市历史文化整体价值，塑造北京的风采、风貌、风韵、风范，而规划手段之一是管控城市建筑的色彩基调。实际上，管控城市色彩基调不是北京自己的创造，在国外很多城市规划都有城市颜色管控的内容，比如意大利、日本等国家。日本人依据颜色的色相、彩色度等将颜色进行了分类，分析哪些颜色可以给人（城市主要居民）带来宁静、愉悦、庄重或烦躁的心理感觉。

触景生情

最近与学生一起做了关于城市色彩的小实验，目的就是看看中国人对城市色彩的感知和认知特点。我们选择故宫建筑群作为实验区域，因为这里是历史文化保护区，颜色基本上不会改变了。我们的研究方法有两个，一是用眼动仪记录参加实验的人观察特定城市景观照片的眼睛活动特征，例如，人的目光第一次"进入"照片的区域在哪里，目光在照片中哪个区域停留的时长比较长，哪个区域被观察者多次看到，等等。二是问卷调查，我们以此了解参加实验的人从颜色中"看"到了哪些色彩意义。

这个案例研究的结果非常有意思。参加实验的人对故宫建筑群色彩意义的理解，与他观看时的眼睛行为特点没有关系。我们通过访谈发现，如果一个人不能真正唤醒自己对建筑色彩意义的感悟能力，那么也只能是僵化地接受已有的色彩意义定义，比如，认为由红黄组合而成的主色调是皇权的象征。如果一个人认真感悟，就会有创新性的发现，比如，被雾霾包裹的故宫建筑，不再会展现其色彩之美；有蓝天、白云和绿树映衬的故宫色彩才会展现其炫美之处；抑或被白雪遮住黄色琉璃瓦的故宫会展现其雍容而悠远的气质。这个案例研究说明，如果没有对城市生态和环境的管控，也不会达到城市色彩管控的目的。

魁北克城的区位

19世纪后期近代地理学出现，其标志是开始探究地表空间差异的原因，区位就是一个核心因素。区位是人们对一个地方各个要素及其组合的价值判断，这种判断影响着人们对这个地方的利用。影响区位的因素有多种，有自然因素，也有人文因素。在现实生活中，不同的人对区位的分析深度不一样，因此对区位价值的判断也不一样。在多要素相互复杂作用之下，现实的空间利用状况不断形成，不断变化。

触景生情

魁北克城位于圣劳伦斯河与圣查尔斯河的汇合处,先后被法国、英国殖民统治,是加拿大第七大城市及魁北克省省会。2018年8月,国际地理联合会在加拿大魁北克城召开,趁这次会议的机会,我顺便了解这座美丽的城市。

魁北克城建立在什么区位上?

第一种分析思路是一因一果。由于魁北克城位于圣劳伦斯河旁边,因此便于法国人从大西洋乘船抵达这里。然而,圣劳伦斯河那么长,为何早期法国殖民者尚普兰(Samuel de Champlain)的队伍只是在这里建设城市?

第二种分析思路是多因一果。"魁北克"在印第安语中是"河流变窄处"的意思。临河和河道突然变窄,这两个区位特点,使得殖民者在此地点建城,有利防守(二因一果)。那么当初法国殖民者建立城堡为了防守什么人?土著印第安人的攻击多来自陆上,而非水路,显然法国人主要是为了防御从水路进犯的其他欧洲殖民者。因此建城的第三个原因是防御其他欧洲殖民者(三因一果)。

第三种分析思路是多因多果。除了前面提到的临河、河道变窄等区位特点之外,另一个区位特点是河流交汇。两河汇合之地使得魁北克城拥有了与两条河流联系的广阔腹地。故三个区位特

魁北克城的区位

点，带来了交通、防御、腹地三个结果。

第四种分析思路是多要素互为因果。前面的分析主要是讨论区位对人文活动的影响，其实区位是人们眼中的地点价值，是人决定了区位。因为有了船只，人们才认为临河可获舟楫之利；因为有了殖民者的财富争夺，河道变窄处才成为兵家必争之地；因为有了人口的增加，人们才能关注聚落的腹地。尚普兰在魁北克初建城堡时，只有28名法国人，因此腹地大小还不太重要。到1681年，该市拥有1300名居民，那时城市腹地因素才显得重要起来。

第五种分析思路是复杂网络的因果。严寒的气候导致这里农业发展条件恶劣，进而导致早期生活条件差，加上那时殖民人口中女性比例低，所以当时魁北克城人口生育率很低。在英国人的攻击下，魁北克的法国人寡不敌众，1628—1632年间他们不得不一度放弃魁北克城。彼时魁北克城客观地理条件虽然没有改变，但是我们看到法国人那次放弃魁北克城的原因是复杂的、交互作用的。

第六种分析思路是有机体的因果。如果我们把加拿大，乃至世界看作一个不断变化的有机体，那么我们就会看到魁北克城就像这个有机体中的一个机能单元，它是一个人口构成、机能定位

触景生情

等都在不断变化的城市。人的能动性，是这个有机体不断变化的根本原因。只有分析多要素相互关系的变动状态，才能了解魁北克城的区位价值，例如，蒙特利尔后来迅速发展，成为魁北克省的第一大城市。